知味

说铃本插图典藏版

板桥杂记
续四种

【清】余怀　等著

北方联合出版传媒(集团)股份有限公司
万卷出版公司

板橋雜記

上卷 雅游

金陵烏帝王建都之地公侯戚畹甲第連雲宗室王孫翩翩裘馬
以及烏衣子弟湖海賓游靡不挾彈吹簫經過趙李每開筵宴
傳呼樂藉羅綺芬芳行酒糾觴鶯嬌鷰送客酒闌棋罷墮珥遺珥
慈界之仙都芳平之樂國也
舊院人稱曲中前門對武定橋後門在鈔庫街妓家鱗次比屋而
居屋宇精潔花木蕭疏迥非塵境到門則銅環半啟珠箔低垂
廂則錫兒吹客鸚哥喚茶登堂則假母肅迎分賓抗禮進軒則
鬟童妹捧娘而出坐久則水陸儳至絲肉競陳定情則目挑心招

三山余懷澹心著

目录

板桥杂记

【清】余怀　撰

序

或问余曰："《板桥杂记》何为而作也?"余应之曰："有为而作也。"或者又曰："一代之兴衰，千秋之感慨，其可歌可录者何限，而子唯狭邪①之是述，艳冶之是传，不已荒乎?"

余乃听然而笑曰："此即一代之兴衰，千秋之感慨所系，而非徒狭邪之是述，艳冶之是传也。金陵古称佳丽之地，衣冠文物，盛于江南，文采风流，甲于海内。白下青溪②，桃叶团扇③，其为艳冶也多矣。

洪武初年，建十六楼④以处官妓：淡烟、轻粉，重译、来宾……称一时之韵事。自时厥后，或废或存，迨至三百年之久，而古迹浸湮，所存者惟南市、珠市及旧院而已。南市者，卑屑妓所居；珠市间有殊色；若旧院，则南曲名姬、上厅行首⑤皆在焉。余生也晚，不及见南部之烟花、宜春⑥之弟子，而犹幸少长承平之世，偶为北里之游。长板桥边，一吟一咏，顾盼自雄。所作歌诗，传诵诸姬之口，楚润⑦相看，态娟⑧互引，余亦自诩为平安杜书记也⑨。

鼎革以来，时移物换，十年旧梦，依约扬州，一片欢场，鞠为茂草，红牙碧串，妙舞轻歌，不可得而闻也；洞房绮疏⑩，湘帘绣幕，不可得而见也；名花瑶草，锦瑟犀毗⑪，不可得而赏也。间亦过之，蒿藜满眼，楼馆劫灰，美人尘土，盛衰感慨，岂复有过此者乎！郁志未伸，俄逢丧乱，静思陈事，追念无因。聊记见闻，用编汗简，效《东京梦华》之录，标崖公蚬斗⑫之名。岂徒狭邪之是述，艳冶之是传也哉。"

客跃然而起，曰："如此，则不可以不记。"于是作《板桥杂记》。

【注释】

①狭邪，也作狭斜。由于妓院多在小街曲巷等偏狭之处，后称狎妓饮酒为狭斜游。

②白下，指南京。青溪，六朝时南京城东最大的一条河。

③桃叶团扇，指《桃叶歌》和《团扇歌》。

④十六楼，明初，朱元璋建都南京，建十六座大酒楼迎接各方来宾。各楼均置官妓。

⑤上厅行首，妓女的贵称，即名妓。

⑥烟花、宜春，指官妓，唐代宫廷中安置妓女在宜春院。

⑦楚润，楚娘、润娘，唐名妓。

⑧态娟，张态、李娟，唐苏州妓。

⑨杜书记，即杜牧，曾为淮南节度使牛僧孺授予推官一职，后转为掌书记，故有杜书记之称。

⑩绮疏，窗户上的镂空花纹。

⑪犀毗，衣带上的豪华饰物。

⑫崖公蚬斗，唐代教坊乐者对最高统治者行内称呼。

上卷

雅游

　　金陵为帝王建都之地，公侯戚畹①，甲第②连云，宗室王孙，翩翩裘马，以及乌衣子弟③，湖海宾游，靡不挟弹吹箫，经过赵、李④，每开筵宴，则传呼乐籍⑤，罗绮芬芳，行酒纠觞，留髡送客⑥，酒阑棋罢，堕珥遗簪⑦。真欲界之仙都，升平之乐国也。

【注释】

　　①戚畹，指外戚，皇帝的姻亲。

　　②甲第，达官显贵的宅邸。

　　③乌衣子弟，原指晋室南渡，"王、谢诸名族居此，时谓其子弟

为乌衣诸郎"。今泛指贵族高官子弟。

④经过赵、李，指寻访妓家之意。钱谦益《寿丁继之七十》："荫藉金张那可问，经过赵李总堪怜。"

⑤乐籍，古代官伎隶属乐部，故称乐籍，后多指在籍编册的官妓。

⑥留髡送客，意为留客人痛饮。

⑦堕珥遗簪，原出《史记·淳于髡传》："前有堕珥，后有遗簪"，形容男女宾客饮酒至极欢的样子。

旧院①人称曲中②，前门对武定桥，后门在钞库街。妓家鳞次，比屋而居。屋宇精洁，花木萧疏，迥非尘境。到门则铜环半启，珠箔③低垂；升阶则猧儿④吠客，鹦哥唤茶；登堂则假母⑤肃迎，分宾抗礼；进轩则丫鬟毕妆，捧艳而出；坐久则水陆⑥备至，丝肉⑦竞陈；定情则目眺心挑，绸缪宛转，纨绔少年，绣肠才子，无不魂迷色阵，气尽雌风矣。

【注释】

①旧院，明初所建之富乐院。刘辰《国初事迹》："太祖立富乐院于乾道桥，复移武定桥等处。"

②曲中，妓女聚居之地。

③珠箔，珠帘。

④猧儿，小的宠物狗。

⑤假母，即鸨母，老鸨。

⑥水陆，指水中和陆上所产的各种食物。

⑦丝肉，丝，管弦之乐；肉，歌唱。

妓家，仆婢称之曰"娘"，外人呼之曰"小娘"，假母称之曰"娘儿"。有客，称客曰"姐夫"，客称假母曰"外婆"。乐户①统于教坊司，司有一官以主之，有衙署，有公座，有人役、刑杖、签牌之类，有冠有带，但见客则不敢拱揖耳。

妓家分别门户，争妍献媚，斗胜夸奇，凌晨则卯饮②淫淫，兰汤③滟滟，衣香一园；停午④乃兰花茉莉，沉水甲煎⑤，馨闻数里；入夜而撇笛拨筝，梨园搬演，声彻九霄。李、卞为首，沙、顾次之，郑、顿、崔、马，又其次也。

【注释】

①乐户，在籍的官妓。

②卯饮，清晨所饮之酒，白居易《卯饮》："卯饮一杯眠一觉，世间何事不悠悠。"

③兰汤，有香味的洗澡水。

④停午，正午。

【明】文伯仁(文徵明的侄子)《金陵十八景》之桃叶渡

⑤沉水甲煎，均为名贵香料。

长板桥在院墙外数十步，旷远芊绵，水烟凝碧。迥光、鹫峰两寺①夹之，中山东花园②亘其前，秦淮朱雀桁③绕其后，洵可娱目赏心，漱涤尘俗。每当夜凉人定，风清月朗，名士倾城，

【清】 禹之鼎 《王士禛放鹇图》

簪花约鬓，携手闲行，凭栏徙倚。忽遇彼姝，笑言宴宴④，此吹
洞箫，彼度妙曲，万籁皆寂，游鱼出听，洵太平盛事也。

【注释】

　　①迥光，寺名，梁天监十三年（514年）建，初名光宅寺，南唐名
法光寺，宋更名为鹿苑寺。明永乐间重建，改此名，今已不存。鹫峰，
寺名，东晋初为东府城，南朝梁、陈之际为江总宅，宋建为青溪阁，
明天顺间建寺，赐匾额"鹫峰"。

　　②中山东花园，今南京白鹭洲公园。

　　③朱雀桁，亦名朱雀桥，今南京中华门内镇淮桥。

　　④宴宴，又作燕燕，和乐貌。《诗经·卫风·氓》："言笑宴宴，

信誓旦旦。"

　　秦淮灯船之盛，天下所无。两岸河房，雕栏画槛，绮窗丝障，十里珠帘。主称既醉，客曰未晞①。游楫往来，指目②曰：某名姬在某河房，以得魁首者为胜。薄暮须臾，灯船毕集，火龙蜿蜒，光耀天地，扬槌击鼓，蹋顿波心。自聚宝门③水关至通济门水关，喧阗达旦。桃叶渡口，争渡者喧声不绝。余作《秦淮灯船曲》中有云："遥指钟山树色开，六朝芳草向琼台。一围灯火从天降，万片珊瑚驾海来。"又云："梦里春红十丈长，隔帘偷袭海南香。西霞飞出铜龙馆，几队娥眉④一样妆。"又云："神弦仙管玻璃杯，火龙蜿蜒波崔嵬。云连金阙天门迥，星舞银城雪窖开。”皆实录也。嗟乎，可复见乎！

【注释】

①未晞，天色将明时的日光。

②指目，顺着手指的方向看。

③聚宝门，今南京之中华门。

④娥眉，代指美女。

教坊梨园，单传法部①，乃威武南巡②所遗也。然名妓仙娃，深以登场演剧为耻，若知音密席，推奖再三，强而后可，歌喉扇影，一座尽倾，主之者大增气色，缠头③助采，遽加十倍。至顿老④琵琶、妥娘⑤词曲，则只应天上，难得人间矣！

裙屐少年⑥，油头半臂⑦，至日亭午，则提篮挈榼⑧，高声唱卖逼汗草、茉莉花，娇婢卷帘，摊钱争买，捉膀撩胸，纷纭笑谑。顷之，乌云堆雪，竟体芳香矣。盖此花苞于日中，开于枕上，真媚夜之淫葩，殢⑨人之妖草也。建兰则大雅不群，宜于纱幮文榻，与佛手、木瓜，同其静好，酒兵茗战之余，微闻香泽，所谓“王者之香”“湘君之佩”，岂淫葩妖草所可比拟乎！

【注释】

①法部，唐朝时宫廷教习和演奏法曲的部门，此处暗指明朝宫廷乐曲。

②威武，指明武宗正德皇帝朱厚照，武宗自称“总督军务、威武大将军”，南巡指正德十四年，武宗亲征宁王朱宸濠事。

③缠头，赏赐歌舞人之财、物，始于唐朝。

④顿老，琵琶名家，顿仁之后。

⑤妥娘，郑如英，字无美，小名妥，金陵名妓。

⑥裙屐少年，服饰华美而无实学的少年。

⑦半臂，短袖上衣。

⑧榼，古代盛酒或贮水的器具，此指放置花卉的提盒。

⑨ 殢（tì），引逗，纠缠人。

南曲衣裳妆束，四方取以为式，大约以淡雅朴素为主，不以鲜华绮丽为工也。初破瓜[①]者，谓之梳栊；已成人者，谓为上头[②]，衣饰皆主之者措办。巧制新裁，出于假母，以其余物自取用之。故假母虽高年，亦盛妆艳服，光彩动人。衫之短长，袖之大小，随时变易，见者谓是时世妆也。

曲中女郎，多亲生之，母故怜惜倍至。遇有佳客，任其留连，不计钱钞，其伧父③大贾，拒绝弗与通，亦不怒也。从良落籍，属于祠部④。亲母则所费不多，假母则勒索高价，谚所谓"娘儿爱俏，鸨儿爱钞"者，盖为假母言之耳。

【注释】

①破瓜，拆瓜字为二八，故破瓜指十六岁。

②上头，古时女子十五岁为"及笄"，意为把披垂之发梳上去，插簪子，以示女子成年。

③伧父，鄙陋、粗鄙之人。

④祠部，明初设礼部，下分四属部，祠部居其一，教坊隶属之。

旧院与贡院遥对，仅隔一河，原为才子佳人而设。逢秋风桂子之年①，四方应试者毕集，结驷连骑，选色征歌，转车子②之喉，按阳阿③之舞，院本④之笙歌合奏，回舟之一水皆香。或邀旬日之欢，或订百年之约。蒲桃架下，戏掷金钱⑤；芍药栏边，闲抛玉马⑥，此平康⑦之盛事，乃文战⑧之外篇。若夫士也色荒，女兮情倦，忽裘敝而金尽，遂欢寡而愁殷。虽设阱者之恒情，实冶游者所深戒也，青楼薄幸，彼何人哉！

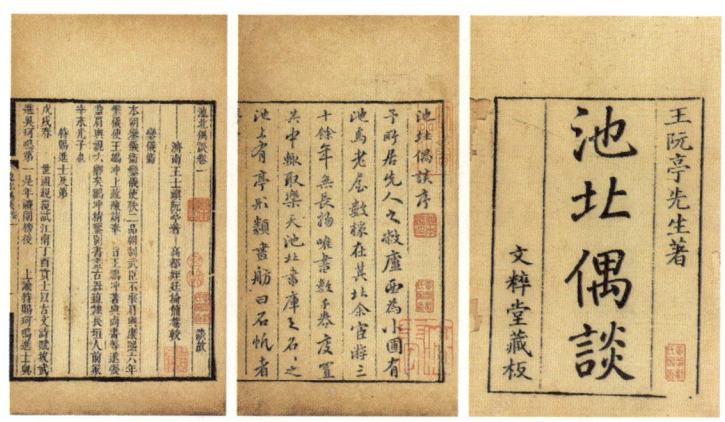

【清】王士禛《池北偶谈》

【注释】

①秋风桂子之年，指乡试之年，乡试一般每三年举行一次，在秋季举办。

②车子，三国曹魏著名歌者。

③阳阿，古代名倡，善舞者。

④院本，金、元称杂剧艺人所居之处为行院，其所唱之脚本叫院本。

⑤戏掷金钱，以掷金钱为游戏，喻客出手大方，讨佳人欢心。

⑥闲抛玉马，典出《北窗志异》，唐代秀才黄损，有玉马坠，后因此玉马与妻子分而复合，此处指男女定情之物。

⑦平康，唐长安之平康坊，妓女所居之地。

【清】袁耀 扬州四景图之一

⑧文战，代指士子参加科举考试，科举之余，游平康以邀美女欢愉。

　　曲中市肆，清洁殊常。香囊、云舄、名酒、佳茶、饧糖、小菜、箫管、琴瑟，并皆上品。外间人买者，不惜贵价；女郎赠遗，都无俗物。正李仙源①《十六楼集句》诗中所云"市声春浩浩，树色晓苍苍。饮伴更相送，归轩锦绣香"也。

　　发象房，配象奴②，不辱自尽；胡闺妻女发教坊为娼。此亘古所无之事也。追诵火龙铁骑③之章，以为叹息。虞山钱牧斋④《金陵杂题绝句》中，有数首云："淡粉、轻烟佳丽名，开天⑤营建记都城。而今也入烟花部，灯火樊楼⑥似汴京。""一夜红笺许定情，十年南部早知名。旧时小院湘帘下，犹记鹦哥唤客声。""惜别留欢恨马蹄，勾栏月白夜乌啼。不知何与汪三事，趣我欢娱伴我归。""别样风怀另酒肠，伴他薄幸奈他狂。天公要断烟花种，醉杀瓜洲萧伯梁。""顿老琵琶旧典型，檀槽生涩响零丁。南巡法曲谁人问？头白周郎⑦掩泪听。""旧曲新诗压教坊，缕衣垂白感湖湘。闲开闰集教孙女，身是前朝郑妥娘。"

【注释】

①李仙源，即李泰，字仙源，洪武三十年进士，博学知天文，掌钦天监。

②象奴，锦衣卫管辖下驯养象群的奴役，地位极其低下。明成祖朱棣攻入南京后，大杀建文帝忠臣，将忠臣良将之妻女配与象奴。

③火龙铁骑，太祖朱元璋"以火德王，色尚赤，将士战袄、战裙、壮帽、旗帜皆用红色。"

④钱牧斋，即钱谦益，字受之，号牧斋，明万历进士，崇祯朝礼部侍郎。南明弘光时，官至礼部尚书。清兵南下，他在南京率先迎降，封清礼部右侍郎，后辞官归隐。

⑤淡粉、轻烟，为明初洪武年间修建的十六楼；开天，为借唐开元，天宝年号，以喻鼎盛之世。

⑥樊楼，酒楼。

⑦周郎，绍兴周禹锡喜听顿老琵琶之事。

新城王阮亭①《秦淮杂诗》中有二首云："旧院风流数顿杨，梨园往事泪沾裳。樽前白发谈天宝，零落人间脱十娘②。""旧事南朝剧可怜，至今风俗斗蝉娟。秦淮丝肉中宵发，玉律抛残作笛钿。"以上皆伤今吊古、慷慨流连之作，可佐南曲谈资者，录之以当哀丝急管。黄山谷云："解作江南断肠句，世间唯有贺方回。"倘遇旗亭歌者，不能不画壁也③。

【注释】

①王阮亭，即王士祯，顺治年间进士，官至刑部尚书。工诗，重神韵，领诗坛风雅数十年。

②脱十娘，金陵名妓，万历中，北里之尤者。金陵旧院，有顿、脱诸姓，皆元人后入教坊者。

③画壁也，指唐开元年间，王昌龄、高适、王之涣齐名。一日共赴旗亭小酌，听歌妓唱诗，以各人诗入歌多者为优，并在墙上画记号。

牧齋有學集卷

投筆集

金陵秋興八首次草堂韻乙亥七月初一日作

龍虎新軍舊羽林八公草木氣森〻樓船盪日三江湧石馬嘶
風九域陰埽穴金陵歸地肺埋胡吳紫塞慰天心太白樂府詩云
懸胡青天上埋
胡紫塞旁長和如唱平遙曲萬戶秋聲息擣砧

其二

裹瘡横戈倒載斜依然南斗是中華金銀舊識秦淮氣雲漢新

钱谦益手记

中卷

丽品

余生万历末年，其与四方宾客交游，及入范大司马莲花幕^①中为平安书记者，乃在崇祯庚辛^②以后，曲中名妓，如朱斗儿、徐翩翩、马湘兰者，皆不得而见之矣，则据余所见而编次之，或品藻其色艺，或仅记其姓名，亦足以征江左之风流^③，存六朝之金粉也。

昔宋徽宗在五国城^④，犹为李师师^⑤立传，盖恐佳人之湮灭不传，作此情痴狡狯耳。"'风乍起，吹皱一池春水'，干卿何事?""彼美人兮"，"巧笑倩兮，美目盼兮。""彼君子兮"，"中心藏之，何日忘之！"

【注释】

①范大司马，即范景文，万历四十一年进士，崇祯朝官至工部尚书，京师陷，投井自尽；莲花幕，即幕府。

②庚辛，崇祯十三年、十四年，范文景因上书救黄道周，弹劾杨嗣昌，被削籍为民，居南京。本书作者余怀，客范幕府，志趣相投，政略相同。

③江左风流，指东晋名臣谢安事，《晋书·谢安传》载："安虽放情丘壑，然每游赏，必以妓女从。"

④五国城，今黑龙江省依兰县。

⑤李师师，北宋汴京名妓，以歌舞闻名京师，深得宋徽宗宠爱。

尹春，字子春，姿态不甚丽，而举止风韵，绰似大家。性格温和，谈词爽雅，无抹脂郭袖习气，专工戏剧排场①，兼擅生、旦。余遇之迟暮之年，延之至家，演《荆钗记》，扮王十朋，至《见母》《祭江》二出，悲壮淋漓，声泪俱进，一座尽倾，老梨园自叹弗及。余曰："此许和子②《永新歌》也，谁为韦青将军③者乎！"因赠之以诗曰："红红④记曲采春⑤歌，我亦闻歌唤奈何。谁唱江南断肠句，青衫白发影婆娑。"春亦得诗而泣，后不知其所终。

嗣有尹文者，色丰而姣，荡逸飞扬，顾盼自喜，颇超于流辈。太平张维则暱就之，唯其所欲，甚欢。欲置为侧室，文未之许，属友人强之，文笑曰："是不难。嫁彼三年，断送之矣。"卒归张。未几，文死。张后十数年乃亡。仕至监司⑥，负才华，任侠，轻财结客，磊落人也。

【注释】

①排场，登场表演。

②许和子，唐时宫廷伶女，乐工之女，开元末，选入宫，为宜春院内人，歌声婉转，大受宠爱。

③韦青将军，唐玄宗时著名伶人，官至金吾将军。

④红红，姓张，唐代宫廷歌手，被韦青所识，纳为妾，韦青尽传其艺。

⑤采春，姓刘，唐代歌女，善唱《罗唝曲》，闻者流涕。

⑥监司，监察府、州、县属吏的官员。如明之提刑按察使，清之布政使、兵备道等。

李十娘，名湘真，字雪衣。在母腹中，闻琴歌声，则勃勃欲动。生而娉婷娟好，肌肤玉雪，既含睇兮又宜笑，殆《闲情赋》①所云"独旷世而秀群"者也。性嗜洁，能鼓琴清歌，略涉文墨，爱文人才士。所居曲房秘室，帷帐尊彝，楚楚有致。中构长轩。轩左种老梅一树，花时香雪霏拂几榻；轩右种梧桐二株，巨竹十数竿。晨夕洗桐拭竹，翠色可餐。入其室者，疑非人境。余每有同人诗文之会，必主其家。每客用一精婢侍砚席、磨隃糜②、爇都梁③、供茗果。暮则合乐酒宴，尽欢而散，然宾主秩然，不及于乱。

【注释】

①《闲情赋》，东晋陶潜著，前四句为"夫何怀逸之令姿，独旷世而秀群。表倾城之艳色，期有德于传闻。"

②磨隃糜，研墨。隃糜，县名，其地产墨。

③爇都梁，燃香。爇，点燃；都梁，香名。

于时流寇①讧江江北，名士渡江侨金陵者甚众，莫不艳羡李十娘也。十娘愈自闭匿，称善病，不妆饰，谢宾客。阿母怜惜之，顺适其意，婉语辞逊，弗与通，惟二三知己，则欢情自接，嬉怡忘倦矣。后易名贞美，刻一印章曰"李十贞美之印"。余戏之曰："美则有之，贞则未也。"十娘泣曰："君知儿者，何出此言？儿虽风尘贱质，然非好淫荡检者流，如夏姬②、河间妇③也。苟儿心之所好，虽相庄如宾，情与之洽也；非儿心之所好，虽勉同枕席，不与之合也。儿之不贞，命也！如何？"言已，涕下沾襟。余敛容谢之曰："吾失言，吾过矣！"

【注释】

①流寇，李自成、张献忠自崇祯八年至九年，率农民军活动于江北。

②夏姬，春秋时郑穆公之女，历来被视为"淫妇"。

③河间妇，淫妇，柳宗元《河间传》载："虽戚里为邪行者，闻河间之名，则掩鼻蹙頞皆不欲道也。"

十娘有兄女曰媚姐，十三才有余，白皙，发覆额，眉目如画。余心爱之，媚亦知余爱。娇啼宛转，作掌中舞①。十娘曰："吾当为汝媒。"岁壬午②，入棘闱③。媚日以金钱投琼④，卜余中否。及榜发，落第。余乃愤郁成疾，避栖霞山寺，经年不相闻矣。鼎革⑤后，泰州刺史陈澹仙⑥寓丛桂园，拥一姬，曰姓李。余披帏见之，媚也。各黯然掩袂，问十娘，曰："从良矣。"问其居，曰："在秦淮水阁。"问其家，曰："已废为菜圃。"问："老梅与梧、竹无恙乎？"曰："已摧为薪矣。"问："阿母尚存乎？"曰："死矣。"因赠以诗曰："流落江湖已十年，云鬓犹卜旧金钱。雪衣飞去仙哥老，休抱琵琶过别船。"

【注释】

①掌中舞，原指汉成帝宠妃赵飞燕，此喻体态轻盈。

②壬午，崇祯十五年，时作者二十七岁。

③棘闱，试院，因围墙皆插棘，故称棘闱，此指作者参加崇祯十五年乡试。

④投琼，掷铜钱，占卜吉凶。

⑤鼎革，改朝换代。

⑥陈澹仙，陈素，字澹仙，崇祯七年进士。

葛嫩，字蕊芳。余与桐城孙克咸①交最善，克咸名临，负文武才略，倚马千言立就，能开五石弓，善左右射，短小精悍，自号"飞将军"。欲投笔磨盾，封狼居胥，又别字曰武公。然好狭邪游，纵酒高歌，其天性也。先昵珠市妓王月，月为势家夺去，抑郁不自聊，与余闲坐李十娘家。十娘盛称葛嫩才艺无双，即往访之。阑入②卧室，值嫩梳头，长发委地，双腕如藕，面色微黄，眉如远山，瞳人点漆。叫声"请坐"，克咸曰："此温柔乡也，

【明】文伯仁(文徵明的侄子)《金陵十八景》之石头城

吾老是乡矣!"是夕定情,一月不出,后竟纳之闲房。甲申之
变③,移家云间,间道入闽,授监中丞杨文骢军事。兵败被执,
并缚嫩。主将欲犯之,嫩大骂,嚼舌碎,含血喷其面,将手刃之。
克咸见嫩抗节死,乃大笑曰:"孙三今日登仙矣!"亦被杀,中丞
父子三人同日殉难。

【注释】

①孙克咸，孙临，字克咸，唐王朱聿键称帝于福州，改元隆武，孙临为监军副使，清军攻破衢州，兵败殉节。

②阑入，擅入。

③甲申之变，崇祯十七年三月，李自成率农民军攻占北京，推翻明朝统治。

李大娘，一名小大，字宛君，性豪侈，女子也，而有须眉丈夫之气。所居台榭庭室，极其华丽，侍儿曳罗縠①者十余人。置酒高会，则合弹琵琶、筝，或狎客沈云、张卯、张奎数辈，吹洞箫、笙管，唱时曲。酒半，打十番鼓。曜灵西匿②，继以华灯。罗帏从风，不知喔喔鸡鸣，东方既白矣。大娘尝言曰：“世有游闲公子、聪俊儿郎，至吾家者，未有不荡志迷魂、沉溺不返者也。然吾亦自逞豪奢，岂效龌龊倚门市娼，与人较钱帛哉！”以此，得“侠妓”声于莫愁、桃叶③间。

后归新安④吴天行。天行钜富，赀产百万，体羸，素善病，后房丽姝甚众，疲于奔命。大娘郁郁不乐。曩⑤所欢胥生者，赂仆婢，通音耗。渐托疾，客荐胥生能医，生得入见大娘。大娘

以金珠银贝纳药笼中，挈以出，与生订终身约。后天行死，卒
归胥生。胥生本贫士，家徒四壁立，获吴氏资，渐殷富，与大
娘饮酒食肉相娱乐，教女娃数人歌舞。生复以乐死。

　　大娘老矣，流落阛阓⑥，仍以教女娃歌舞为活。余犹及见之，
徐娘虽老，尚有风情，话念旧游，潸然出涕，真如华清宫女说
开元、天宝遗事也。昔杜牧之于洛阳城东重睹张好好，感旧伤怀，
题诗以赠，末云："朋游今在否，落拓更能无。门馆恸哭后，水
云秋景初。斜日挂衰柳，凉风生座隅。洒尽满襟泪，短歌聊一
书。"正为今日而说。余即书于素扇以贻之，大娘捧扇而泣，或
据床以哦，哀动邻壁。

【注释】

　　①曳罗縠，曳，拖。罗縠，一种丝织品，应为丝裙。

　　②曜灵西匿，指太阳落山。

　　③莫愁、桃叶，指莫愁湖和桃叶渡，均在秦淮河之间。

　　④新安，今安徽歙县。

　　⑤曩，从前。

　　⑥阛阓，街市，暗指大娘又流落教坊。

顾媚，字眉生，又名眉，庄妍靓雅，风度超群，鬓发如云，桃花满面，弓弯纤小，腰支轻亚，通文史，善画兰，追步马守真，而姿容胜之，时人推为南曲第一。家有眉楼①，绮窗绣帘。牙签玉轴，堆列几案；瑶琴锦瑟，陈设左右。香烟缭绕，檐马②丁当。余尝戏之曰："此非眉楼，乃迷楼③也。"人遂以"迷楼"称之。当是时，江南侈靡，文酒之宴，红妆与乌巾紫裘④相间，座无眉娘不乐。而尤艳顾家厨食，品差拟郇公⑤、李太尉，以故设筵眉楼者无虚日。

然艳之者虽多，妒之者亦不少。适浙东一伧父，与一词客争宠，合江右某孝廉互谋，使酒骂座，讼之仪司，诬以盗匿金犀酒器，意在逮辱眉娘也。余时义愤填膺，作檄讨罪，有云："某某本非风流佳客，谬称浪子⑥、端王⑦，以文鸳彩凤之区，排封豕长蛇之阵；用诱秦诓楚之计⑧，作摧兰折玉之谋，种凤世之孽冤，煞一时之风景"云云。伧父之叔为南少司马，见檄，斥伧父东归，讼乃解。眉娘甚德余，于桐城方瞿庵堂中，愿登场演剧为余寿。从此摧幢息机⑨，矢脱风尘矣。

【注释】

①眉楼，原址在旧院大街东，距古桃叶渡口不远处。

②檐马，悬挂在屋檐下的风铃。

③迷楼，隋炀帝在扬州所建的宫殿名。

④乌巾紫裘，乌巾，乌纱帽；紫裘，指贵官的公服，此指达官显贵。

⑤郇公，韦陟，唐人，袭封郇国公，性好奢靡。

⑥浪子，宋李邦彦，自号"李浪子"，后官少宰，又升太宰，人称"浪子宰相"。

⑦端王，宋徽宗赵佶，登基前为端王。

⑧诱秦诓楚之计，指战国时代的策士张仪，去秦相楚，以秦"商於之地六百里"骗楚怀王与齐绝交之事。

⑨摧幢息机，隐藏行迹，闭门谢客。

未几，归合肥龚尚书芝麓①。尚书雄豪盖代，视金玉如泥沙粪土，得眉娘佐之，益轻财好客，怜才下士，名誉盛于往时。客有求尚书诗文及乞画兰者，缣笺动盈箧笥②，画款所书"横波夫人"③者也。

岁丁酉④，尚书挈夫人重过金陵，寓市隐园中林堂。值夫人生辰，张灯开宴，请召宾客数十百辈，命老梨园郭长春等演剧。

酒客丁继之、张燕筑及二王郎⑤，串《王母瑶池宴》。夫人垂珠帘，召旧日同居南曲呼姊妹行者与燕，李大娘、十娘、王节娘皆在焉。时尚书门人楚严某⑥，赴浙监司任，逗留居樽下，褰帘长跪，捧卮称："贱子上寿！"坐者皆离席伏，夫人欣然为罄三爵，尚书意甚得也。余与吴园次⑦、邓孝威⑧作长歌纪其事。嗣后，还京师，以病死。敛时，现老僧相，吊者车数百乘，备极哀荣。改姓徐氏，世又称徐夫人。尚书有《白门柳传奇》行于世。

【注释】

①龚尚书芝麓，龚鼎孳，字孝升，崇祯七年进士，后降清，官至礼部尚书，为清初江左三大家之一。

②缣笺动盈篋笥，缣，帛。笺，小幅纸张。篋笥，藏物的箱或笼，多藏书画。

③"横波夫人"，顾媚脱离乐籍，托身与龚，改姓徐，名横波。

④岁丁酉，顺治十四年，两年前龚芝麓遭贬职，此后才调回京，此文作于"重回金陵"时。

⑤二王郎，明中书舍人王式之，水部主事王恒之。

⑥楚严某，严正矩，字方公，崇祯十六年进士，清初累官至户部左侍郎。

⑦吴园次，吴绮，顺治贡生，官中书。

⑧邓孝威，邓汉仪，康熙间授中书。

顾眉生既属龚芝麓，百计祈嗣，而卒无子。甚至雕异香木为男，四肢俱动，锦绷绣褓，顾乳母开怀哺之，保母褰襟①作便溺状。内外通称"小相公"，龚亦不之禁也。时龚以奉常②寓湖上，杭人目为"人妖"。后龚竟以顾为亚妻。元配童氏，明两封孺人③，龚入仕本朝，历官大宗伯④，童夫人高尚，居合肥，不肯随宦京师，且曰："我经两受明封，以后本朝恩典，让顾太太可也。"顾遂专宠受封。呜呼！童夫人贤节过须眉男子多矣！

【注释】

①褰襟，掀起胸前的衣服。

②奉常，官名，九卿之一，掌宗庙礼仪。

③孺人，明清时，官吏之妻受封，七品以下封孺人。

④大宗伯，古六卿之一，掌礼制。

董白，字小宛，一字青莲，天姿巧慧，容貌娟妍，七八岁时，阿母教以书翰，辄了了①。稍长，顾影自怜。针神曲圣，食谱茶经，莫不精晓。性爱闲静，遇幽林远涧，片石孤云，则恋恋不

《积雨连村图》 文徵明

立轴　纸本　水墨　纵87.9cm　横29.1cm

（美）波士顿艺术博物馆藏

忍舍去。至男女杂坐，歌吹喧阗，心厌色沮，意弗屑也。慕吴门山水，徙居半塘，小筑河滨，竹篱茅舍，经其户者，则时闻咏诗声或鼓琴声，皆曰："此中有人。"

已而，扁舟游西子湖，登黄山，礼白岳②，仍归吴门。丧母、抱病，画楼以居。随如皋冒辟疆过惠山，历澄江、荆溪，抵京口，陟金山③绝顶，观大江竟渡以归。后卒归辟疆为侧室，事辟疆九年，年二十七，以劳瘵死。死时，辟疆作《影梅庵忆语》二千四百言哭之，同人哀辞甚多，惟吴梅村宫尹十绝句可传小宛也。存其四首云："珍珠无价玉无瑕，小字贪看问姎家；寻到白堤呼出见，月明残雪映梅花。"又云："《念家山破》《定风波》，郎按新词妾按歌。恨杀南朝阮司马④，累侬夫婿病愁多。"又云："乱梳云髻下妆楼，尽室仓皇过渡头。钿盒金钗浑抛却，高家兵马⑤在扬州。"又云："江城细雨碧桃村，寒食东风杜宇魂。欲吊薛涛怜梦断，墓门深更阻侯门。"

【注释】

① 了了，明瞭。《世说新语·言语》："小时了了，大未必佳。"

② 白岳，山名，在安徽休宁县西四十里。

③金山，江苏镇江之名山，佛教胜地。

④阮司马，阮大铖。南明时官至兵部尚书。

⑤高家兵马，高杰，原为李自成部下，后降明，曾劫掠扬州。

　　卞赛，一曰赛赛，后为女道士，自称玉京道人。知书，工小楷，善画兰、鼓琴，喜作风枝袅娜，一落笔，画十余纸。年十八，游吴门，侨居虎丘。湘帘棐几①，地无纤尘。见客，初不甚酬对；若遇佳宾，则谐谑间作，谈辞如云，一座倾倒。寻归秦淮，遇乱，复游吴。梅村②学士作《听女道士卞玉京弹琴歌》赠之，中所云"昨夜城头吹筚篥，教坊也被传呼急。碧玉班中怕点留，乐营门外卢家泣。私更妆束出江边，恰遇丹阳下诸船。剪就黄绡贪入道，携来绿绮诉婵娟"者，正此时也。在吴作道人装，然亦间有所主。

　　侍儿柔柔，承奉砚席如弟子，指挥如意，亦静好女子也。逾两年，渡浙江，归于东中一诸侯。不得意，进柔柔当夕，乞身下发③。复归吴，依良医郑保御，筑别馆以居。长斋绣佛，持戒律甚严，刺舌血，书《法华经》，以报保御。又十余年而卒④，葬于惠山祗陀庵锦树林。

【注释】

①湘帘棐几，湘帘，斑竹帘。棐几，以榧木为几。

②吴梅村，明末清初诗人，复社重要成员，擅诗画，与钱谦益、龚鼎孳并称"江左三大家"。

③下发，剃发。此句为卞赛以自己的侍女柔柔代替自己去侍奉郑应皋，自请落发为尼。

④卞玉京死于顺治十七年。

　　玉京有妹曰敏，顾①而白如玉肪，风情绰约，人见之，如立水晶屏也。亦善画兰鼓琴，对客为鼓一再行，即推琴敛手，面发赪色。画兰，亦止写筱竹枝、兰草二三朵，不似玉京之纵横枝叶、淋漓墨渖也，然一以多见长，一以少为贵，各极其妙，识者并珍之。携来吴门，一时争艳，户外屦恒满。乃心厌市器，归申进士维久②。维久宰相③孙，性豪举，好宾客，诗文名海内，海内贤豪多与之游，得敏，益自喜，为闺中良友。亡何，维久病且殁，家中替。敏复嫁一贵官颍川氏④，官于闽。闽变起，颍川氏手刃群妾，遂自刭。闻敏亦在积尸中也。或曰三年病死。

【注释】

①颀，身材高挑。

②维久，即申维久，顺治十二年进士。

③申时行，嘉靖四十一年进士第一，后累官吏部尚书，建极殿大学士。

④颍川氏，疑为陈启泰，康熙十三年，耿精忠叛，陈自绞亡，其妻妾饮毒者二十余人。

　　范珏，字双玉，廉静，寡所嗜好，一切衣饰、歌管艳靡纷华之物，皆屏弃之。惟阖户①焚香瀹茗，相对药炉、经卷而已。性喜画山水，摹仿史痴②、顾宝幢③，檐枒老树，远山绝涧，笔墨间有天然气韵，妇人中范华原④也。

【注释】

①阖户，闭门。

②史痴，即史忠，字廷直，自号痴翁。明代上元（今江苏南京）人，善画，能为乐府新声。

③顾宝幢，顾源，号宝幢居士。明代上元（今江苏南京）人，素性高雅，书画山水自成一家。

④范华原，范宽，字仲立，宋代华原（陕西耀县）人。嗜酒落魄，

不拘世故，书画雄伟，自成一家。

　　顿文，字少文，琵琶顿老女孙也。性聪慧，识字义，唐诗皆能上口。授以琵琶，布指护索，然意弗屑，不肯竟学。学鼓琴，雅歌《三叠》，清泠然，神与之浃①，故又字曰"琴心"云。琴心生于乱世，顿老赖以存活，不能早脱乐籍，赁屋青溪里，荜门圭窦②，风月凄凉。屡为健儿、佽人所厄，最后为李姓者挟持，牵连入狱。虽缘情得保，犹守以牛头阿旁③也。

　　客有王生者，挽余居间营救，偕往访之，风鬟雾鬓，憔悴可怜，犹援琴而鼓弹别凤离鸾之曲，如猿吟鹃啼④，不忍闻也。余说内乡许公，属其门生直指使者纵之，复还故居。吴郡王子其长⑤主张燕筑家，与琴心比邻，两相慕悦。王子故轻侠，倾金钱，赈其贫悴。将携归，置别室，突遭奇祸⑥。收者至，见琴心，诧曰："此真祸水也。"悯其非辜，驱之去，独捕王子。王子被戮，琴心逸，然终归匪人。嗟乎！佳人命薄，若琴心者，其尤哉！其尤哉！

【注释】

　　①浃，通彻。

②荜门圭窦，荜门，用荆条、竹子编的门；圭窦，窗户非常小，形容居所破陋。

③牛头阿旁，佛经中指地狱里的牛头马面。

④猿吟鹃啼，曲调凄苦。

⑤其长王子，王发，字其长，同声社领袖之一，后被杀。

⑥突遭奇祸，指王发因坐"逆书之条"而被杀。

　　沙才，美而艳，丰而柔，骨体皆媚，天生尤物也。善弈棋、吹箫、度曲。长指爪，修容貌，留仙裙①，石华广袖②，衣被灿然。后携其妹曰嫩者，游吴郡，卜居半塘，一时名噪，人皆以二赵、二乔目之。惜也才以疮发，剜其半面；嫩归吒利③，郁郁死。

【注释】

①留仙裙，有褶皱的裙子，典出《飞燕外传》。

②石华广袖，花色鲜艳的布料制成的用来跳舞的宽袖舞衣，典出《飞燕外传》。

③吒利，原指唐朝番将沙吒利，暗指粗鲁野蛮之人。

　　马娇，字婉容。姿首清丽，濯濯如春月柳，滟滟如出水芙蓉，真不愧"娇"之一字也。知音识曲，妙合宫商，老伎师推为独步。

然终以误堕烟花为恨，思择人而事，不敢以身许人，卒归贵竹杨龙友①。

龙友名文骢，以诗、画擅名，华亭董文敏②亟赏之。先是，闽中郭圣仆③有二姜，一曰李陀那，一曰朱玉耶。圣仆殁，龙友得玉耶，并得其所蓄书画、瓶研、几杖诸玩好、古器，复拥婉容，终日摩挲笑语为乐。甲申之变，贵阳马士英册立弘光，自为首辅，援引阉儿阮大铖构党煽权，挠乱天下，以致五月出奔，都城百姓焚烧两家居第。以龙友乡戚有连④，亦被烈炬，顷刻灰烬。时龙友巡抚苏、松，尽室以行。玉耶久殉，婉容莫知所终。龙友父子殉难闽峤⑤，无遗种也。犹存老母，匀归金陵，依家仆以终天年。

【注释】

①杨龙友，杨文骢，字龙友。南明隆武帝继位，授官兵部右侍郎，后兵败被杀。

②董文敏，董其昌，万历十七年进士，官至礼部尚书，明末书法大家。

③郭圣仆，郭天中，字圣仆，福建莆田人，专精篆隶之学。

④乡戚有连，指杨文骢为马士英甥婿。

⑤殉难闽峤，指杨文骢父子三人在浦城遭清军追获，不屈被杀之事。

婉容有妹曰嫩，亦著名。又有小马嫩者，轻盈飘逸，自命风流。真州盐贾^①用千金购得，奉溧阳陈公子^②。公子昵之未久，并食具赠豫章陈伯玑，生一子一女，如王子敬之有桃根也。

顾喜，一名小喜，性情豪爽，体态丰华，双趺不纤妍，人称为顾大脚，又谓之"肉屏风"^③。然其迈往不屑之韵，凌霄拔俗之姿，则非篱壁间物也。当之者，似李陵提步卒三千人抵鞮汗山^④，入狭谷，往往败北生降矣。汉武帝《悼李夫人赋》有云"佳侠含光"^⑤，余题四字颜其室，乱后不知从何人以去，或曰归一公侯子弟云。

【注释】

①真州盐贾，真州，今江苏仪征；盐贾，贩盐的商人。

②陈公子，陈名夏，崇祯朝官户、兵两部给事中，后降李自成，再降清，累官至吏部尚书、弘文院大学士，太子太保，后遭弹劾赐死。

③"肉屏风"，形容体胖。语出《开元天宝遗事》："杨国忠于冬月，常选婢妾肥大者，行列于前，令遮风"。

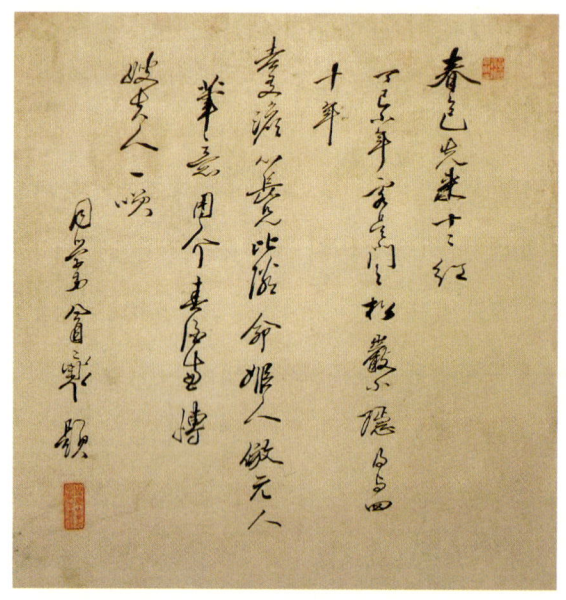

【清】冒襄 《七绝》

④鞮汗山，李陵兵败降匈奴处。

⑤佳侠含光，《汉书·孝武李夫人传》："佳侠，犹佳丽。"

朱小大，颇著美名，余未之见，然闻其纤妍俏洁，涉猎文艺，粉掐、墨痕①，纵横缥帙，是李易安之流也。归昭阳李太仆②。太仆遇祸，家灭。

王小大，生而韶秀。为人圆滑便捷，善周旋，广筵长席，人劝一觞，皆膝席欢受，又工于酒纠、觥录事③，无毫发谬误，能为酒客解纷释怨，时人谓之"和气汤"。扬州顾尔迈，字不盈，镇远侯④介弟也，挟戚里之富，往来平康⑤。悦小大，贮之河亭，时时召客大饮，效陈孟公、高季式⑥，授女将军酒正印，左右指麾，客皆极饮滥醉。有醉而逸者，锁门脱屣，卧地上，至日中乃醒。时吴桥范文贞公⑦官南大司马，不盈为揖客⑧，出入辕载，有古任侠风，书画与郑超宗齐名。

【注释】

①粉捱、墨痕，均为古代作画技法，粉捱为按画稿施粉于纸上，然后依照粉痕着墨；墨痕为先用墨勾勒线条，再上颜色。

②昭阳李太仆，李思诚，明万历二十六年进士，累官太仆卿，礼部尚书，后触怒魏忠贤，被贬。

③觥录事，饮酒时执掌酒令之人，称酒纠，亦称觥录事。

④镇远侯，顾肇迹，崇祯朝领南京右府提督，甲申变，死难。

⑤平康，唐长安丹凤街有平康坊，为妓女聚居之地。

⑥陈孟公，陈遵，字孟公，以功封嘉威侯，官河南太守。高季式，北魏人，官至仪同三司，追赠侍中、冀州刺史。

⑦范文贞公，范景文，甲申变，自杀殉国。

⑧揖客，平揖不拜之客，谓与主人地位相同之人。

张元，清瘦轻佻，临风飘举。齿稍长，在少年场中，纤腰踽步，亦自楚楚，人呼之为"张小脚"。

刘元，齿亦不少，而佻达轻盈，目睛闪闪，注射四筵。曾有一过江名士与之同寝，元转面向里帏，不与之接。拍其肩曰："汝不知我为名士耶？"元转面曰："名士是何物？值几文钱耶？"相传以为笑。

崔科，后起之秀，目未见前辈典型，然有一种天然韶令之致。科亦顾影自怜，矜其容色，高其声价，不屑一切。卒为一词林所窘辱。

董年，秦淮绝色，与小宛姊妹行，艳冶之名，亦相颉颃①。钟山张紫淀作《悼小宛》诗，中一首云："美人生南国，余见两双成。春与年同艳，花推白主盟。蛾眉无后辈，蝶梦是前生。寂寂皆黄土，香风付管城。"

李香，身躯短小，肤理玉色。慧俊宛转，调笑无双，人题之为"香扇坠"。余有诗赠之云："生小倾城是李香，怀中婀娜袖中藏。何缘十二巫峰女，梦里偏来见楚王。"武塘魏子一为书于粉壁，贵竹杨龙友写崇兰诡石于左偏，时人称为三绝。由是，香之名盛于南曲。四方才士，争一识面以为荣。

【注释】

①颉颃，原指鸟上下翱翔，后转为不相上下之意。

下卷

轶事

金陵都会之地，南曲靡丽之乡。纨茵浪子，萧瑟词人，往来游戏，马如游龙，车相接也。其间风月楼台，尊罍丝管，以及娈童狎客，杂伎名优，献媚争妍，络绎奔赴。垂杨影外，片玉壶中，秋笛频吹，春莺乍啭，虽宋广平①铁石心肠，不能不为梅花作赋也。

一声《河满》，人何以堪？归见梨涡②，谁能遣此！然而流连忘返，醉饱无时，卿卿虽爱卿卿③，一误岂容再误。遂尔丧失平生之守，见斥礼法之士，岂非黑风之飘堕、碧海之迷津乎！余之缀茸斯编，虽以传芳，实为垂戒。王右军云："后之览者，亦将有感于斯文也。"

【注释】

①宋广平，宋璟，唐调露元年进士，玄宗朝为相，封广平郡公。

②梨涡，女子脸颊上的酒涡。

③卿卿，人们对亲昵之人的称呼，典出《世说新语》，此指乐坊之内的男女之爱。

瓜洲萧伯梁，豪华任侠，倾财结客，好游狭斜，久住曲中，投辖①轰饮，俾昼作夜，多拥名姬，簪花击鼓为乐。钱虞山诗所云"天公要断烟花种，醉杀瓜洲萧伯梁"者是也。

嘉兴姚北若②，用十二楼船于秦淮，招集四方应试知名之士百余人，每船邀名妓四人侑酒。梨园一部，灯火笙歌，为一时之盛事。先是，嘉兴沈雨若费千金定花案③，江南艳称之。

曲中狎客，则有张卯官笛，张魁官箫，管五官管子，吴章甫弦索，钱仲文打十番鼓，丁继之、张燕筑、沈元甫、王公远、朱维章串戏，柳敬亭说书。或集于二李④家，或集于眉楼，每集必费百金，此亦销金之窟也。

　　张卯尤滑稽婉腻，善伺美人喜怒。一日，偶触李大娘，大娘手碎其头上鬃帽，掷之于地。卯徐徐拾起，笑而戴之以去。

【注释】

　　①投辖，辖，固定车轮与车轴之间的键。《汉书》载某人"每大饮，宾客满堂，遂关门，取客车辖，投井中。虽有急，终不得去。"

　　②姚北若，姚澪，明监生。崇祯九年，就试南都，招复社诸子，载酒征歌，大会东南名士于秦淮河上，几二千人，为一时胜事，后三试不第，隐居著述。

　　③定花案，征歌选妓，按照花的名字比喻歌妓，以花之贵贱，评妓之优劣，并出榜游街。

　　④二李，李十娘与李大娘。

　　张魁，字修我，吴郡人，少美姿首，与徐公子①有断袖之好。公子官南都府佐，魁来访之。阍者②拒，口出亵语，且诟厉，公子闻而扑之，然卒留之署中，欢好无间，以此移家桃叶渡口，与旧院为邻。诸名妓家往来习熟，笼中鹦鹉见之，叫曰："张魁官来！阿弥陀佛！"魁善吹箫、度曲，打马投壶，往往胜其曹耦③。每晨朝，即到楼馆，插瓶花，爇炉香，洗荠片，拂拭琴几，位置衣桁④，不令主人知也。以此，仆婢皆感之，猫狗亦不厌焉。

【清】冒襄 《秋亭高士图》

后魁面生白点风，眉楼客戏榜于门曰："革出花面⑤蔑片一名张魁，不许复入。"魁惭恨，遍求奇方洒削，得芙蓉露，治除。良已，整衣帽，复至眉楼，曰："花面定何如！"

乱后还吴，吴中新进少年，搔头弄姿，持箫擪管，以柔曼悦人者，见魁则揶揄之，肆为诋諆，以此重穷困。龚宗伯奉使粤东，怜而赈之，厚予之金，使往山中贩芥茶，得息颇厚，家稍稍丰矣。然魁性僻，尝自言曰："我大贱相，茶非惠泉水不可沾唇，饭非四糙冬春米不可入口，夜非孙春阳家通宵橡烛不可开眼。"钱财到手辄尽，坐此不名一钱，时人共非笑之，弗顾也。年过六十，以贩茶、卖芙蓉露为业。

庚寅、辛卯⑥之际，余游吴，寓周氏水阁。魁犹清晨来插瓶花、爇炉香、洗斝片、拂拭琴几、位置衣桁如曩时。酒酣烛跋⑦时，说青溪旧事，不觉流涕。丁酉再过金陵，歌台舞榭，化为瓦砾之场，犹于破板桥边，一吹洞箫。矮屋中，一老姬启户出曰："此张魁官箫声也。"为呜咽久之。又数年，卒以穷死。

【注释】

① 徐公子，徐申，字文江，万历五年进士，官至通政使。

② 阍者，看门的人。

③ 曹耦，同伙。

④ 衣桁，衣架。

⑤ 花面，戏中角色敷粉墨者为花面。

⑥ 庚寅、辛卯，顺治七、八年。

⑦ 烛跋，蜡烛快要燃尽。

岁丙子，金沙张公亮、吕霖生、盐官陈则梁、漳浦刘渔仲、如皋冒辟疆盟于眉楼。则梁作盟文甚奇，末云："牲盟不如臂盟，臂盟不如神盟。"

中山公子徐青君，魏国①介弟也。家赀钜万，性华侈，自奉甚丰，广蓄姬妾。造园大功坊②侧，树石亭台，拟于平泉③、金谷。每当夏月，置宴河房，日选名妓四、五人，邀宾侑酒。木瓜、佛手，堆积如山；茉莉、珠兰，芳香似雪。夜以继日，恒酒酣歌，纶巾鹤氅，真神仙中人也。

弘光朝加中府都督，前驱班剑④，呵导入朝，愈荣显矣。乙酉鼎革，籍没田产，遂无立锥；群姬雨散，一身孑然；与佣、丐为伍，乃为人代杖。其居第易为兵道衙门。一日，与当刑人约定杖数，计偿若干。受刑时，其数过倍，青君大呼曰："我徐青君也。"兵宪林公骇，问左右，左右有哀王孙者，跪而对曰："此魏国公之公子徐青君也，穷苦为人代杖。其堂乃其家厅，不觉伤心呼号耳。"林公怜而释之，慰藉甚至，且曰："君倘有非钦产可清还者，本道当为查给，以终余生。"青君顿首谢曰："花园是某自造，非钦产也。"林公唯唯，厚赠遣之，查还其园，卖花石、货柱础以自活。吾观《南史》所记，东昏宫妃卖蜡烛为业。杜少陵诗云："问之不肯道名姓，但道困苦乞为奴。"呜呼！岂虚也哉！岂虚也哉！

同人社集松风阁，雪衣、眉生皆在。饮罢，联骑入城。红妆翠袖，跃马扬鞭，观者塞途。太平景象，恍然心目。

【清】冒襄　《野趣图》

【注释】

①魏国，指魏国公徐文爵，徐达十一世孙。

②大功坊，在徐达中山王府两侧。

③平泉，洛阳南，唐宰相李德裕之别墅。

④班剑，饰有花纹的木剑。

丁继之扮张驴儿娘①，张燕筑扮宾头卢②，朱维章扮武大郎，皆妙绝一世。丁、张二老并寿九十余。钱虞山《题三老图》诗末句云："秦淮烟月经游处，华表归来白鹤知。"不胜黄公酒垆之叹。

无锡邹公履游平康，头戴红纱巾，身着纸衣，齿高跟屐，佯狂沉缅，挥斥千黄金不顾。初场毕，击大司马门③鼓，送试卷。大合乐于妓家，高声自诵其文，妓皆称快，或时阑入梨园，氍毹④上为"参军鹘"也。

【注释】

①张驴儿娘，《窦娥冤》里的角色，窦娥之婆母蔡婆。

②宾头卢，《昙花记》中的角色，五百罗汉中的第十八尊者。

③大司马门，东晋与南朝建康宫的正南门叫大司马门，此处指明南京贡院之龙门。

④氍毹，地毯。

柳敬亭，泰州人，本姓曹，避仇流落江湖，休于树下，乃姓柳，善说书，游于金陵，吴桥范司马、桐城何相国①引为上客。常往来南曲，与张燕筑、沈公宪俱。张、沈以歌曲、敬亭以谭词，酒酣以往，击节悲吟，倾靡四座，盖优孟②、东方曼倩之流也。后入左宁南③幕府，出入兵间。宁南亡败，又游松江马提督军中，郁郁不得志。年已八十余矣，间过余侨寓宜睡轩中，犹说《秦叔宝见姑娘》也。

【注释】

①何相国，何如宠，万历二十六年进士。崇祯初为户部尚书、武英殿大学士，加少保。

②优孟，春秋时楚国名优。事楚庄王，尝著故令尹孙叔敖衣冠，作歌以感庄王，而使其子得封。

③左宁南，左良玉，明末大将，以功封宁南侯，镇守武昌。

莱阳姜如须，游于李十娘家，渔于色，曛不出户。方密之、孙克咸并能屏风上行。漏下三刻，星河皎然，连袂间行，经过赵、李，垂帘闭户，夜人定矣。两君一跃登屋，直至卧房，排闼拍张，势如盗贼。如须下床跪称："大王乞命！毋伤十娘！"两君掷刀大笑，曰："三郎郎当！三郎郎当！①"复呼酒极饮，尽醉而散。盖如须行三，郎当者，畏辞也。如须高才旷代，偶效樊川，略同谢傅，秋风团扇，寄兴扫眉②，非沉溺烟花之比，聊记一条，以存流风余韵云尔。

陈则梁，人奇文奇，举体皆奇，尝致书眉楼，劝其早脱风尘，速寻道伴，言词激切。眉生遂择主而事，诚以惊弓之鸟，遽为透网之鳞也。扫眉才子，慧业③文人，时节因缘，不得不为延津之合矣。

十七、八女郎歌"杨柳岸，晓风残月"，若在曲中，则处处有之，时时有之。予作《忆江南》词有云："江南好景本无多，只在晓风残月下。"思之只益伤神，见之不堪回首矣。

沈公宪以串戏见长，同时推为第一。王式之中翰、王恒之水部，异曲同工，游戏三昧，江总持、柳耆卿依稀再见，非如吕敬迁、李仙鹤也。

【注释】

①三郎郎当，语出罗大经《鹤林玉露》卷六。记云："明皇自蜀还京，……闻驼马所带铃声，谓黄幡绰曰：'铃声颇似人言语。'幡绰对曰：'似言三郎郎当！三郎郎当！'明皇愧且笑。"

②扫眉，有文学才华之女子。

③慧业，佛教指生来赋有智慧的业缘，此谓天生聪慧。

乐户有妻有妾，防闲最严，谨守贞洁，不与人客交言。人客欲强见之，一揖之外，翻身入帘也。乱后①，有旧院大街②顾三之妻李三娘者，流落江湖，遂为名妓。忽为非类③所持，暴系吴郡狱中。余与刘海门梦锡[4]兄弟及姚翼侯、张鞠存[5]极力拯之，致书司李[6]李蠛庵，仅而得免。然亦如严幼芳[7]、刘婆惜，备受箠楚[8]决杖矣。

【注释】

①乱后，指甲申之变，李自成攻破北京，崇祯皇帝自缢煤山之后。

②旧院大街，今南京武定桥东经大石坝街至白鹭洲公园西止。

③非类，匪徒。

④刘海门梦锡，刘余生，字梦锡，顺治七年官密云、通州兵备道。

⑤姚翼侯、张鞠存，即姚文燕，字翼侯，顺治十八年进士，官江西德安县令；张新标，字鞠存，顺治六年进士，官户部主事。

⑥司李，也作司理，明时，府设推官，专理一府之刑名。

⑦严幼芳，严蕊，字幼芳，宋天台营妓。

⑧箠楚，木棍。

三娘长身玉色，倭堕[1]如云，量洪善饮，饮至百觥不醉。时辛丑中秋之际，庭桂盛开，置酒高会，黄兰岩[2]、方邵村[3]及玉峰女士冯静容[4]偕来。居停[5]主人金叔侃，尽倾家酿，分曹角胜，轰饮如雷，如项羽、章邯钜鹿之战，诸侯皆作壁上观。饮至天明，诸君皆大吐，静容亦吐，鬓鬟委地，或横卧地上，衣履狼藉。

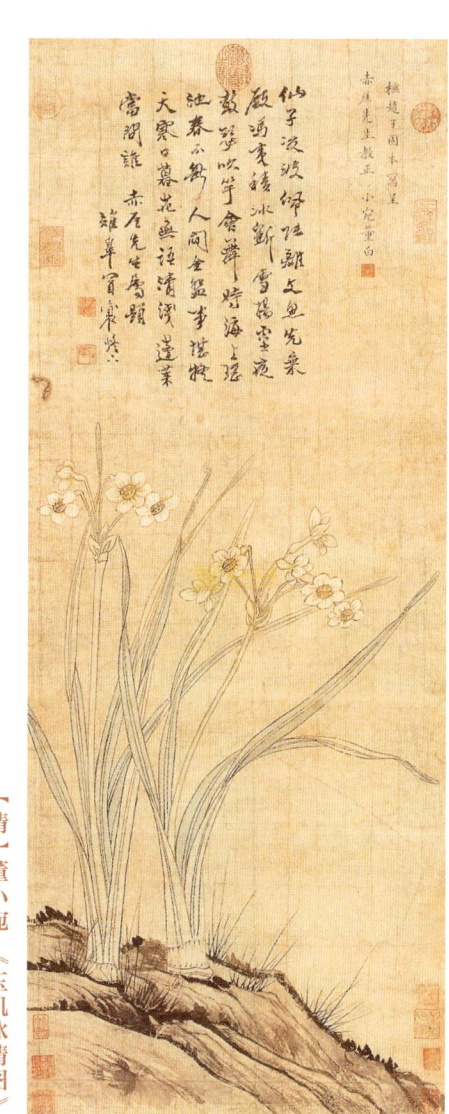

【清】董小宛 《玉肌冰清图》

惟三娘醒，然犹不眠，倚桂树也。兰岩贾其余勇，尚与翼侯喝拳，各尽三、四大斗而别。嗟乎！俯仰岁月之间，诸君皆埋骨青山，美人亦栖身黄土。河山邈矣，能不悲哉！

吴兴太守吴园次《吊董少君诗序》有云：“当时才子，竞著黄衫[6]；命世清流，为牵红线。玉台重下，温郎信是可人；金屋偕归，汧国遂成佳妇。”是时，钱虞山作于节度，刘渔仲为古押衙，故云云尔。辟疆老矣，一觉扬州，岂其梦耶！

【注释】

①倭堕，古代妇女发髻名。

②黄兰岩，即黄宣泰，字兰岩，顺治进士授大理寺评事，晋户部郎中，擢宁夏兵备道。

③方邵村，方亨咸，顺治四年进士，官御史，后因科场案流放宁古塔，康熙初释归。

④冯静容，苏州、太仓一带名妓。

⑤居停，栖止、歇足之处。

⑥黄衫，唐朝少年之华服。

李贞丽者，李香之假母，有豪侠气，尝一夜博输千金立尽，与阳羡陈定生[1]善。香年十三，亦侠而慧，从吴人周如松受歌，

《玉茗堂四梦》②皆能妙其音节，尤工琵琶。与雪苑侯朝宗③善，阉人儿某者，欲内交于朝宗，香力谏止，不与通。朝宗去后，有故开府田仰以重金邀致香。香辞曰："妾不敢负侯公子也。"不往。盖前此阉儿恨朝宗，罗致欲杀之，朝宗跳而免；并欲杀定生也，定生大为锦衣冯可宗所辱。

云间才子夏灵首④作《青楼篇》寄武塘钱漱广⑤，末段云："二十年来事已非，不开画阁锁芳菲。那堪两院无人到，独对三春有燕飞。风弦不动新歌扇，露井横飘旧舞衣。花草朱门空后阁，琵琶青冢恨明妃。独有青楼旧相识，蛾眉零落头新白。梦断何年行雨踪，情深一调留云迹。院本伤心正德词，乐府销魂教坊籍。为唱当时《乌夜啼》，青衫泪满江南客。"观此，可以尽曲中之变矣。悲夫！

【注释】

①陈定生，即陈贞慧，明末四公子之一，复社成员。

②《玉茗堂四梦》，即《临川四梦》，包括《紫钗记》《还魂记》《南柯记》与《邯郸记》。

③侯朝宗，即侯方域，明末四公子之一，复社成员。

④夏灵首，即夏完淳，十四岁从父及陈子龙抗清，鲁王封为中书

舍人，兵败被俘，英勇就义，时年仅十七岁。

⑤钱漱广，即钱熙，其父崇祯六年举人，官兵部郎中，隆武帝封为太仆卿，抗清死节。

附一

珠市①在内桥旁，曲巷逶迤，屋宇湫隘②。然其中时有丽人，惜限于地，不敢与旧院颉颃。以余所见，王月诸姬，并著迷香、神鸡之胜，又何羡红红、举举之名乎！恐遂湮没无闻，使媚骨芳魂与草木同腐，故附书于卷尾，以备金陵轶史云。

王月，字微波，母胞生三女：长即月，次节，次满，并有殊色。月尤慧妍，善自修饰，顾身玉立，皓齿明眸，异常妖冶，名动公卿。桐城孙武公暱③之，拥致栖霞山下雪洞中，经月不出。己卯岁牛女渡河之夕，大集诸姬于方密之④侨居水阁，四方贤豪，车骑盈闾巷，梨园子弟，三班骈演，阁外环列舟航如堵墙。品藻花案，设立层台，以坐状元。二十余人中，考微波第一，登台奏乐，进金屈卮⑤。南曲诸姬皆色沮，渐逸去。天明始罢酒。次日，各赋诗纪其事。余诗所云"月中仙子花中王，第一姮娥第一香"者是也。微波绣之于帨巾⑥不去手，武公益眷恋，欲置为侧室，会有贵阳蔡香君名如蘅，强有力，以三千金啖其父，夺以归，武公悒悒，遂娶葛嫩也。香君后为安庐兵备道，携月赴任，宠专房。崇祯十五年五月，大盗张献忠破庐州府，知府郑履祥死节，香君被擒。搜其家，得月，留营中，宠压一寨。偶以事忤献忠，断其头，蒸置于盘，以享群贼。嗟乎！等死也，月不及嫩矣。悲夫！

【注释】

①珠市，在今南京市白下路之内桥西至建邺路一段。

②湫隘，低洼狭小。

③暱，亲近。

④方密之，方以智，字密之，明末四公子之一，崇祯十三年进士，甲申变，避难为僧。

⑤屈卮，一种盛酒的酒器。

⑥帨巾，拭手的巾帕。

王节，有姿色。先归顾不盈，后归王恒之。甘淡泊，怡然自得，虽为姬侍，有荆钗裙布风①。妹满，幼小，好戏弄，窈窕轻盈，作娇娃之态。保国公买置后房，与寇白门不合，复归秦淮。

　　寇湄，字白门。钱虞山诗云："寇家姊妹总芳菲，十八年来花信违。今日秦淮恐相值，防他红泪一沾衣。"则寇家多佳丽，白门其一也。白门娟娟静美，跌荡风流，能度曲，善画兰，粗知拈韵吟诗，然滑易②不能竟学。十八、九时，为保国公购之，贮以金屋，如李掌武之谢秋娘也。甲申三月，京师陷，保国生降，家口没入官。白门以千金予保国赎身，跳匹马，短衣，从一婢南归。归为女侠，筑园亭，结宾客，日与文人骚客相往还，酒酣以往，或歌或哭，亦自叹美人之迟暮，嗟红豆之飘零也。既从扬州某孝廉，不得志，复还金陵。老矣，犹日与诸少年伍。卧病时，召所欢韩生来，绸缪③悲泣，欲留之偶寝④，韩生以他故辞，犹执手不忍别。至夜，闻韩生在婢房笑语，奋身起唤婢，自箠⑤数十，咄咄骂韩生负心禽兽行，欲啮其肉。病逾剧，医药罔效，遂以死。虞山《金陵杂题》有云："丛残红粉念君恩，女侠谁知寇白门？黄土盖棺心未死，香丸一缕是芳魂。"

【注释】

　　①布风，粗布制裙，衣着简朴。

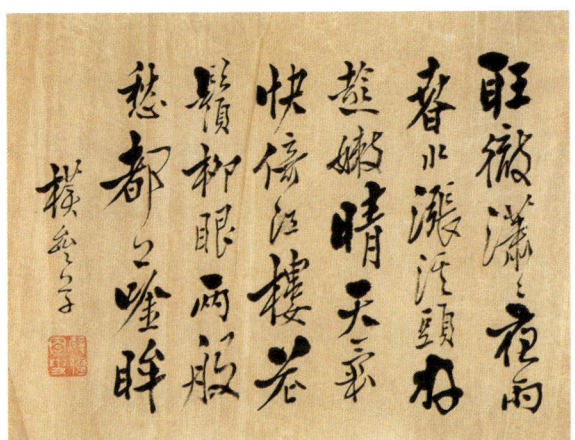

冒辟疆墨迹

②滑易，浮躁不踏实。

③绸缪，紧密缠缚，此指抱住。

④偶寝，同睡。

⑤箠，用棍子打。

附二

宋惠湘，秦淮女也。兵燹①流落，被掳入军。至河南卫辉府城，题绝句四首于壁间，云："风动江空羯鼓催，降旗飘飚凤城开。将军战死②君王系，薄命红颜马上来。""广陌黄尘暗髻鸦，北风吹面落铅华。可怜夜月《箜篌引》，几度穹庐伴暮笳。""春花如绣柳如烟，良夜知心画阁眠。今日相思浑似梦，算来可恨是苍天。""盈盈十五破瓜初，已作明妃别故庐。谁散千金同孟德，镶黄旗下赎文姝？"后跋云："被难而来，野居露宿。即欲效章嘉故事③，稍留翰墨，以告君子，不可得也。偶居邸舍，索笔漫题，以冀万一之遇，命薄如此，想亦不可得矣。秦淮难女宋惠湘和血题于古汲县前潞王城之东。"潞王城，潞藩府第也。

　　燕顺，淮安妓女也，年十六，知义理，每厌薄青楼，以为不可一日居。甲申三月，凤阳督师马士英标下兵鼓噪而散，突至淮城西门外，马、步五六百人，掳掠甚惨。妓女悉被擒，顺独坚执不从。兵以布缚之马上，顺举身自奋，哭詈不止，兵竟刃之。

　　又，山东郯城县之李家庄，旗亭壁间题三绝句，云："不扫双蛾问碧纱，谁从马上拨琵琶？驿亭空有归家梦，惊破啼声是夜笳。""日日牛车道路赊④，遍身尘土向天涯。不因薄命生多恨，青冢啼鹃怨汉家。""惊传县吏点名频，一一分明汉语真⑤。世上无如男子好，看他髡发⑥也骄人。"末书云："吴中羁妇赵雪华题。"凡此数者，皆群芳之萎道旁者也。

【注释】

①兵燹，乱兵纵火焚烧。

②将军战死，明靖国公黄得功血战疆场，英勇殉国。

③章嘉故事，指会稽女子于壁间题诗事。

④賖，远。

⑤此句指传驿中点名之县吏乃汉人而降清者。

⑥髡发，指汉人按满俗而剃发。

附三

沈石田①作《盒子会辞》。其序云："南京旧院，有色艺俱优者，或二十、三十姓，结为手帕姊妹。每上元节，以春檠、巧具、餖核相赛，名'盒子会'。凡得奇品为胜，输者具酒酬胜者。中有所私②，亦来挟金助会，厌厌③夜饮，弥月而止。席间设灯张乐，各出其技能，赋此以识京城乐事也。"辞云：

平康灯宵闹如沸，灯火烘春笑声内。

盒奁来往斗芳邻，手帕绸缪通姊妹。

东家西家百络盛，装餖钉核春满檠。

豹胎间挟鳇冰脆，乌榄分挱椰玉生。

不论多同较奇有，品色输无例赔酒。

呈丝逞竹会心欢，哀钞裈金走情友。

哄堂一月自春风，酒香人语百花中。

一般桃李三千户，亦有愁人隔墙住。

【注释】

①沈石田，即沈周，字启南，著名画家，擅画山水，兼工花鸟。

②私，偏爱之人。

③厌厌，长久。

跋

　　狎邪之游，君子所戒。然谢安石东山携妓，白香山眷恋温柔。一则称"江左风流"，一则称"广大教化"①。因偶适其性情，亦何害为君子哉？唐有处士李戡者，痛恶元、白诗，谓其纤艳不逞，淫言媟语，入人肌骨，不可除去。秀铁面②亦诃黄鲁直作为绮诗，当堕泥犁地狱。余之编斯记也，将毋为李处士所诟，秀铁面所诃乎！

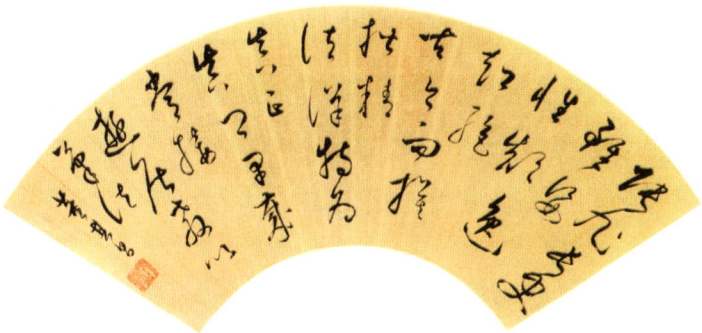

【明】董其昌《草书节临怀素自叙帖扇面》

然管仲相恒公，置女闾③七百，征其夜合之资以富国。则始作者，其惟管仲乎！孟子之卑管、晏，有以哉！有以哉！余甲申以前，诗文尽皆焚弃。中有赠答名妓篇语甚多，亦如前尘昔梦，不复记忆。但抽豪点注，我心写兮。亦泗水潜夫④记《武林旧事》之意也。知我罪我，余乌足以知之。

【注释】

①广大教化，唐张为撰《诗人主客图》，尊白居易为诗人之首，称广大教化主。

②秀铁面，僧人法秀。

③女闾，妓女集中居住的地方。

④泗水潜夫，周密，号泗水潜夫，南宋词人。

吴门画舫录

【清】西溪山人　撰

序一

　　夫扬逸采于彤奁^①，则舞绣歌云，春生著手；缅瑰闻于紫曲，则酒龙诗虎，听到低头。矧^②以眉妩西家，苎萝^③样好；燕支^④南部，花草宫留。晴漪夜净，影尽生怜；海涌螺青，山还含笑。地钟佳丽，可稽风土外编；纪广冶游，为补水天闲话。

　　则有溪名芍药，波荡狂香；兜号莲花，镜支中妇。小楼如画，杨柳能藏；双桨若飞，鸳鸯欲学。吹花嚼蕊，人识柳枝之门，骑鱼撇波，家婢桃根⑤之揖。首不画鹢，茵俱设熊，帘额则悬珠招风，疏楔则碾水受月。靡不移春有槛，泊栋花深，遏云能歌，归迟雨暮。

每当节临儿女，天开绮罗，水嬉绣野，妖侣褯川，倚楗旗以耀质，竦凫燕之轻躯。手玉混尘，眉烟连山，望之若仙，恍临沣浦，坐来虽近，疑逢洛滨。又况香回一洲，席芳十步，玉纤递云英之浆，柂楼出胡麻之饭⑥。

尊浮绿蚁，瑶斝再酬；脯擘青鳞，雕槃屡荐。匿窗之眉语乍度，射覆之心字频盟。脆板敲红，啭枝莺近，深杯褪渌，映烛蛾弯。靡曼若此，宕往奚持？别有香能迷洞，羹不闭门，花下一关，抽簪可叩，柳边深巷，系马曾经。才搴珠箔，兰笑相迎；犹隔画帘，钗声遥辨。生成厴浅，只解拈花；竞学妆慵，有时拥髻。

舞掌之腰尺五，生莲之步双弓。或指银筝比岁，或倚锦瑟量身。靡勿屏间拈豆，红映唇珠；阶下树萱，绿舒眉萼。箜篌⑦常系，挎蒲⑧不收。

晨妆甫竟，卯酒旋中。鸭心驻㸃，鹔斑袅云。昼静琼闺，茶呼鹦鹉；宵阑曲院，局乱猧儿。斯实调笑无虐，要是清游所

吴梅村像

期。至若荐荆台之枕席⑨，琼闳同嬉；抱秦女之衾裯⑩，玉楼深贮，真个消魂，一宵输意。

投香有所，照春开屏。盈盈回抱，斜身倚帏。旦旦申盟，引臂替枕。袒⑪藏媚蝶，梦定行云。枕铲神鸡，起仍踏日。乐未央哉，荡无度矣。于是庭栽栀子，咒出同心；笼畜迦陵⑫，教呼并命。出则蜂蝶俱随，入则鹣鹣⑬相矢。璧车联载，细马约驮。缠锦博欢，银河思卷。布金买笑，铜山欲移。

迨夫珠甘论解，悔起迟来；香可名街，激成豪举。始怨鸩媒寡信，将疑鲗誓无灵。犹且飘烟抱月，争歌杨白，花来曳雪，牵云不放。陆郎骓逝，遂使映门柳弹⑭，学回碧玉之腰；拂面花飞，替寄红绡之泪⑮。斯固入天魔，媱舍不难，戒隳阿难⑯，值色界情天，要使魂销地媪者也。

友人西溪，文怜隐雾，翼息搏云，惜芳序之易阑，眷欢惊之多逝。烟花三月，重感羁栖，丝竹中年，政须陶写。爰以粲花之笔，抒其绘水之思。倡条冶叶，区别云严；小白长红，评泊惟允。纬以苦心，雨飞天女；挹其奇气，虹吐美人。加以部月皱烟，眉堪撰史；搓酥滴粉，口欲生香。温尉锦鞋，陈思罗袜，丽句闲登，吉光时见。

张氏妆楼之记，陆家小名之录，并传可信，媲美无难。用以振批孤绪，洵足涤荡沉疴矣。仆则絮已沾泥，花从著袂，眉参深浅，泪渍衫青。蓬感飘摇，酒惊鬓绿，闲情偶作，性用持孤。愤幽忧绮语未除，旨岂慕阴淫案衍。庶几愁垒之降，是乡足老；敢谓倾城之悦，此中有人。以侧艳之时噇，致糠秕之见播。词稽淮海，我惭井水能歌；诗赌黄河，君定旗亭遍唱。若问一池春水，底事干卿？试参四壁秋波，会当悟尔。

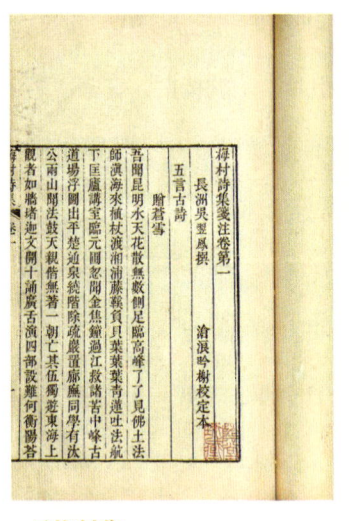 

吴梅村集

乙丑橘春，镜卿沈廷焰序。

【注释】

①彤奁，女子梳妆用的镜匣。

②矧，况且。

③苎萝，山名，在浙江省诸暨市南，相传西施为此山鬻薪者之女。

④燕支，唐李白《代赠远》诗："燕支多美女，走马轻风雪。"

⑤桃根，指歌妓或所爱恋的女子。

⑥胡麻之饭，传常为神仙待客所用，故又称为"神仙饭"。

⑦箜篌，古代一种拨弦的乐器。

⑧摴蒲，古代博戏名，以掷骰决胜负。

⑨荆台之枕席，语出《章华赋》："楚灵王既游云梦之泽，息於荆台之上……顾谓左史倚相曰：'盛哉斯乐，可以遗老而忘死也！'"

⑩衾裯，指被褥床帐等卧具，借指男女欢合。

⑪袑，内衣。

⑫迦陵，喻声音好听的鸟。

⑬鲽鹣，比目鱼和比翼鸟，喻比肩的人和事。

⑭柳弉，柳枝垂条。

⑮红绡之泪，红色薄绸，语出南唐冯延巳《应天长》词："枕上夜长祇如岁，红绡三尺泪。"

⑯戒骥阿难，此出《楞严经》阿难罗汉自述出家的过程，阿难早年沉溺蝥舍，即妓院。

序二

花月新闻，水天闲话，烟花南部之录，胭脂北里之记，莫不副在缥缃①，传诸苕玉②。揆其用意，略有二端：东城父老，曾见开宝之繁华；南内王孙，犹有承平之故态。世易时移，哀来乐往。十二楼台，故钉已失；二八迭代，昔梦宛然。勾阑打野，亦入武林之遗事；瑶光夺婿，并载洛阳之伽蓝。意等梦华，流分野史。此其一也。

其或才人失职，荡子中年，有离骚佚女之幽情，作醇酒妇人之生活，崎嵚可笑，憔悴自伤。牧之豪宕，感杜秋而命篇；少陵老大，为公孙而陨涕。张泌无聊，妆楼辑记；龟蒙有托，侍儿录名。一宵璧月，遂有篇章；十里珠帘，任传薄幸。又其一也。

非此寄托，不关劝惩，烟墨虽驱，风雅弗尚。西溪山人《吴门画舫录》者，时际昌明，地当饶乐。肥鱼大酒之场，纸醉金迷之窟。游闲公子，无忌知名；窈窕佳人，莫愁新字。谱集群芳，香称一国。为之暎写，恐异前闻。然而风花易散，茵溷③堪怜，莲出青泥，心含净果。桃开露井，命短东风。倚风含雪，沈下贤之所低徊；抱月飘烟，李玉溪因而惆怅。

当夫弦幺管脆，玉泣珠啼，冠上钗飞，掌中鞋拓，灯红酒绿，钩弋拳开，枕昵帏低，淳于襦解，谓当乐死，誓比长生。及乎西曲车回，汝南鸡唱，满堂人散，百年歌残，乌啼昨夜之楼，莺啭谁家之树？青春已去，黄衫不来，变有欢闻，词传侬懊④，维儿女之痴情，亦人天所动色。假兹鸳牒，聊记花牌，曼睩腾光，波澜在目，传红对镜，曲折为眉，亦怜才之盛心，言情之极致也。

仆本恨人，臣原好色，媱坊魔席，亦或我闻，影事前尘，久征佛说，属引端之荒言，作忏余之绮语。若夫温歧少日，诗多侧艳；成式当年，词名播揢。老矣自惭，君无取尔已。

嘉庆丙寅人日，频伽居士郭麟叙。

【注释】

①缥缃，书卷。

②苕玉，书斋。

③茵溷，比喻人的好坏际遇的不同。

④侬懊，乐府吴声歌曲名，产生于东晋和南朝吴地民间。内容皆为抒写男女爱情受到挫折的苦恼。

序三

此梅鼎祚《青泥莲花记》、余怀《板桥杂记》之续也。然而烟花之录，拾自隋遗；教坊之记，昉①于唐作。一则见收于史，一则并附于经。似乎结想蝾蛾，驰音桑濮②，偶然陶写，何碍风雅？若夫仆者，绮语之债，已忏于心，缩屋之贞，可信于友。岂有乌蟾告迈，齿发兼凋，重参天女之禅，来对玉台之簿者乎？

乃观是编，窃又不能无感焉。夫论黄土抟人之说③，则贵贱何常？作飞花坠地之观，则茵溷立判。既已沉沦苦相，转辗情尘，脱泥絮其何因？拨火莲而莫得。红粉之梦，终付飘流；青楼之名，多逢薄幸。鸩媒④徒告于佚女，鸳牒难谐于使者。甚至鄱阳暴谴，郭重食言，柳被风欺，蕉因雨卷。吁其悴矣，伤如之何！

吴中⑤者，佳丽之乡，游冶所习，管语丝哇之奏，眼花耳热之娱，每当桥畔行春，溪头消夏，一舟泛夕，单槛凭凉，几几乎诳渔子以迷花，荡姮娥而入月焉。然而富商豪佑，罕文字之谈；腻鼎腥砧，溷芗泽之美。自非词人刮目，名士倾衿，但唱懊侬，谁歌欢子？怜才之意，当不其然。夫委真性于空花，铄元神于虚牝⑥，诚摄生所忧也。辱才人以厮养，蒙西子以不洁，又造物之憾也。爰⑦乃抽徐陵之笔，书薛涛之笺。察眉黛之可怜，约钗光而使聚。莫不娭光眇视⑧，冶服成温。虽艳溢烟毫，而义归鬈鉴。绮怀有托，雅什同登。

本之美人香草之思，极乎烟波画船之趣。匪惟承平之盛，抑亦乐府之遗也。或谓佛贵净因，禅惩欲染，蹈兹口业，于意云何？不知帝释宫中，亦陈妓乐；华鬘天上，特开女市。吾请洞观究竟，广说人天，合游戏之文章，作幻泡之譬喻。当此风

花易过，水月重来，亭坐可中，钟催夜半，所谓楞严十种，梵

志一壶者，即色即空，我闻如是而已。

　　嘉庆丙寅夏五月，香醉山南禅客吴锡麒撰。

【注释】

　　①昉，起始。

　　②驰音桑濮，暗指男女幽会。

　　③抟人之说，抟土作人。清黄遵宪《杂感》："黄土同抟人，今古

定愚贤？"

　　④鸠媒，善于言辞的媒人。

　　⑤吴中，苏州。

　　⑥虚牝，空谷，喻无用武之地。

　　⑦爰，于是。

　　⑧姱光眇视，目光传神，《楚辞·招魂》："美人既醉，朱颜酡些；

姱光眇视，目曾波些。"

序四

　　西溪山人，学殖瑰富，文采葩耀，握灵珠、怀抵鹊者有年矣。

老称知希，邹叹暗投，骥骏未骤，鹏云犹戢。旅食吴会，为画

舫之游，搅斯荃蕙，录其梗概。鸿惊凫没，传于毫素^①；目宛心与，验于下笔，亦情之所钟也夫。其玉箫两头，旗亭十里，罗袖藻野，脂香涨川，白日倾夕，继以朗月，笙歌发徽，二八迭奏。

山人悲蕙草之飘歇，怜佳人之迟暮，雌黄托诸短翰，荣辱定其一言。叙丽色，则群芳春敷；罗妙伎，则繁俎^②绮错。江文通倡妇之作，寄其才思；白司马商女之吟，写其胸臆。至乃悯奢丽之敝化，抑流宕之邪心，伤淄蠹之易入，戒蔓露之为会，微文轻低，未尝不三致意焉，此足以观山人之用心矣。余以无文，省兹英玮，忝为序引，糠秕在前云尔。

嘉庆十有一年正月，吴趋汪廷楷撰。

【注释】

①毫素，纸和笔。

②繁俎，丰盛的菜肴。

序五

藻野褥川之俗，单舟叠舸之乡，扇薄衫长，珠摇钏动，水明楼直，照影皆双。日里风中，吹香盈露，侠嘉夜^①含葰莪，回羞而送态，荡魄而悦魂。盖广微吴地之记，士衡昌门之讴，芳泽弗陈，觍缕^②未及矣。

于是西溪山人，选练妍华，甄综众嬥，北里之志，妆楼之记，孙棨、张泌撰述重新，庄士非之，达者题焉。夫采唐秉蔄，并录輶轩^③，鸣瑟踽展，亦登地志，观政者于以别贞淫，采风者于焉寄惩劝。况乎感虉英之易谢，道人因而悟禅；轸风絮之漂流，侨士缘兹慨世。或指为导欲，诃以荡情，过矣。仆王琨避面，略异拘方，散愁入室，颇能缮性，兹不辞而为之引者，亦以君非女闾之曹邱^④，蒙何妨为丽情之元晏乎？

甘亭居士彭兆荪题。

【注释】

①嘉夜，芳草。

②觍缕，细述。

③輶轩，原为方言，代指地方轶事。

④曹邱，荐引、称扬者的代称。

吴门画舫录

吴门①为东南一大都会，俗尚豪华，宾游络绎。宴客者多买
棹虎邱，画舫笙歌，四时不绝。垂杨曲巷，绮阁深藏。银烛留髡，
金觥劝客。遂得经过赵李，省识春风，或赏其色艺，或记彼新闻，
或伤翠黛②之漂沦，或作浪游之冰鉴。得小传一卷。

杜凝馥，字宛兰，行三，居下塘。柔情绰态，一时有牡丹
之目。性爱兰，碧箔银床，香盈一室，既对美人，复挹③骚客，
过者往往流连忘返。七夕生写同心兰册以寄意，灯青酒绿，固
无宛兰不欢，即姬亦一日三秋，时招致生。然生尝谓余云："芙
蓉帐里，几度春宵，实未曾真个销魂。"是说也。

余固疑之。但其厌弃繁华，自伤漂泊，研花楼上，默坐垂帘，
或刺绣临窗，客来谢去。殆所期良远，不作雨后荷珠耶？工词曲，
善琵琶，正如《羽衣》一曲，只宜天上，难得人间。岁甲子，秋
风报罢，氍毹④筵开，愿一聆雅奏，强而后可。宫移羽换，慨当
以慷，儿女英雄，一齐俯首。

昔江州司马，泪湿青衫，遂使商妇一篇，盛传千古。而声

音之妙，沦落之感，古人未尝不同也。蒋君春瑶，摹家藏忆娘旧本，为《后簪花图》。忆娘名重当时，未必遂精此艺。顾忆娘以翰墨因缘，流传已久，今图与画册俱在，复得如前辈诸公表而出之，吾知卷中人，其将嗣绣谷春风而并永，而江南绝艺，亦且与浔阳争胜矣。妹新宫，弱不胜衣，能演剧，擅生旦，有尹子春之风。

崔秀英，一名漱英，行二，居山塘彩云弄。丰肌弱骨，雅度翩跹，净洗铅华，见者不疑其平康⑤人也。慕寂静，寡酬应。尝买舟游西子湖，登鹫岭，步苏堤，抚西泠松柏，吊小青墓，飘飘有出尘之想。

当道某公招置湖楼，诚非所乐，经月而反。家有绿云楼，银蒜星垂，鸭炉香暖，铜龙滴漏，鹦鹉呼茶。间与二三知己酌醽醁⑥，净红螺，金钗半醉，满座春添。喜拨弦，一歌小调，喉珠一串，不数燕赵佳人，盖是曲以北地胜，姬来自维扬，得擅其妙。

【注释】

①吴门，苏州。

②翠黛，古时女子用螺黛画眉，故称美人之眉为"翠黛"。

③挹，古同"揖"，作揖。

④罷罷，烦恼、愁闷。

⑤平康，妓女所居的泛称。

⑥醽醁，古代的一种美酒，呈绿色。唐代名臣魏徵善治酒：一种酒是醽醁、一种是翠涛，唐太宗对此赞不绝口。

初姬为补非老人所赏，貌图以寄，致书云："侍儿秀英，奉书补非先生阁下。窃儿临风弱质，照水疏枝，虽飘断梗①于麋城，实抱寒馨于虎阜②。频年箫吹夜月，敢妄希鸾鹤之音；镇日镜掩秋蟾，从不惹尘氛之色。居恒落落，性本闲闲，酷慕清流，深憎薄俗。自怜小草，辄怆怀于葳露凌霜；幸遇明公，获快意于攀云眮日。

先生睥睨人海，啸傲尘寰，亦有剪红刻翠之词，终乏俪白妃青之选。卅年曾无心许，一旦忽与目成。侍儿自问何人？仰邀特识，敢不倾诚葵藿③，矢报涓埃。故自奉杖履④，兼旬以来，实不减萧奴爱主；倘得侍铅椠⑤三年之久，应无惭郑婢知诗。深怅六鹢遄飞，弗克双凫遥逐。为此特图陋质，专遣赍呈，但愿常侍钧颜，无遭弃掷！

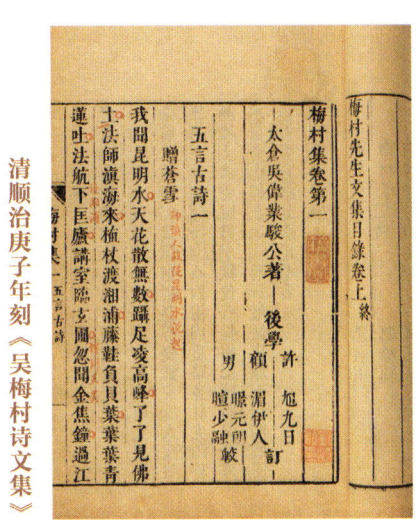

清顺治庚子年刻《吴梅村诗文集》

公自心同金石，儿实望切茑萝。指月窟以盟惊，人对青天碧海；企云居而结想，魂依翠巘丹梯。伏冀先生善养天和，早图良觏⑥。含毫陨涕，意不尽言。"

【注释】

①断梗，喻漂泊不定。

②虎阜，即虎丘，苏州西北郊。

③葵藿，葵性向日，比喻下对上赤心趋向。

④杖履，老者所用的手杖和鞋子，谓拄杖漫步。

⑤铅椠，古人书写文字的工具，谓写作、校勘。

⑥良觌，良晤。谢灵运《南楼中望所迟客》诗："搔首访行人，引领冀良觌。"

老人复书略云："老人当歌对酒，垂三十年，赠玖投琼，几百余辈。忽忽虚过六九，悠悠阅尽风尘。亦有闲情，从无滞迹。回忆绿云楼上，夕月人双，青镜台前，朝噉①影并。一凭栏而群芳失色，甫按拍而万籁销声。此景此情，如梦如幻。朔风多历，珍摄为佳，昼饮宵劳，均需节制，晨饘晚粥，务及时宜。素箑长存，如亲玉腕，红绡永系，莫负霜髯。补非老人侨寓白公堤之目游茣趣楼，书此以复。"

嗣老人惓惓不置，时寄金通意，姬悉以赒亲戚贫乏。妹金官，与某生昵。媒蘖者构衅，雀牙事连生，复捐多金，斡旋上下，讼乃得解。故人多其义，不仅以色艺赏之。

史文香，行二，居上塘。顾身玉立，如灵和杨柳，袅娜临风，丰度为诸姬所罕媲。而姬亦落落自异，有不可一世之概，故品花者以水仙当之。嗟乎！世外佳人，遗情独立，姬犹不免混迹风尘，岂堕溷②枯茵，莫能自主与？或曰姬固有志未逮云。

马如兰、少鉴赏于随园老人，名籍甚，余未之见，故略焉。

余凤箫，字香雪，行二，居上塘。明眸皓齿，娇丽无双。余之初识姬也，时清明，与琴仙赴友人约，至虎丘，游船鳞集，雾积烟腾，已不辨谁何。归途笑曰："无花无酒过清明，今日是也。"琴仙曰："桃花人面，固咫尺间，盍^③往从之？"爰过姬。

居室湫隘^④，姬搴帘出，衣履朴素，不类时世妆，而天然姿致，正以绝去雕饰为佳。为尽一樽而别。

居无何，有某公子者，千金买笑，匝月^⑤勾留任所，欲力致之，起居服饰，焕焉改观，耳食者遂争艳之，户外屦常满。余偶与同人文酒之会，桃源重访，别有一天，姬绾慵妆，披雾縠^⑥，卸留仙裙，曳薄罗穷裤，胸前绣抹，承以金络索，茉莉堆鬓如雪，浓香扑人。樱唇乍启，则侍儿数辈持纨扇，执桦烛，簇拥疑仙。盖凤箫名与诸名下侔矣。

钱星娥，居下塘。美而艳，面如满月，光彩照人。好事者以《廿四诗品》品吴下名花，姬曰"纤秾"，妹曰"流动"。人谓能如其分。妹名湘蘅。

童某官，行大，居濠上。蛾眉蝤首^⑦，飘逸轻盈，顾影自矜，俯视流辈。嗜佳茗，爱品泉，有左娇之癖，篆烟修竹，雪碗轻花，洵堪解司马沈疴，醒桐君清睡也。

【注释】

①朝嗷，敲击声，谓晨钟。

②溷，厕所或猪圈，喻肮脏之地。

③盍，何不。

④湫隘，低洼狭小。

⑤匝月，满一个月。

⑥雾縠，薄雾般的轻纱。

⑦蛾眉螓首，喻指女子美丽的额方广而如螓，眉如弯月，形容女子貌美。

本曹氏假妹①，声价日高，不屑寄篱下，移别院居焉。有甲乙争购之，姬绐甲曰："持若干来。"如言脱付，以掘挡家计。约时日，至期往，则归乙已数日矣。今人戚友急难，乞周恤，所望非奢，游移迟缓，吝莫能与；与矣，书薛券，权子母，锱铢不稍假。持金向勾栏，抛洒如泥沙，惟恐不得当，何其愚也！甲固不足惜，若姬者，亦太狡矣哉。妹双婷，住姬旧居。

郁素娟，行四，居下塘。眉月双弯，梨涡微晕，袅娜娉婷之态，步武文香。而文香探喉发响，能持铁绰板，铜琵琶，唱"大江东去"，颇不类其人。姬则如簧舌初调，轻清圆润，当于花间月下，携双柑斗酒赏之。能饮，善笑，喜翩翩年少，尝席间有所属。客戏曰："笑则若令饮。"烛未跋，生饮无算爵，酩酊大困矣。

盖生貌美而户小，姬将乘之于醉；而生心醉于姬，遂欲假醽醁为鸳牒之媒。玉溪生诗云："临酒欲拼娇。"姬与生之谓也。

李倚玉，行三。白皙而硕，而秋波一剪，盈盈欲语，尤可疗饥。居虎丘得月楼。楼枕河干，在花市西头，俗呼冶坊浜者。为游船停聚处，每当曜灵②西匿，蟾魄③未升，歌吹遏云，画桡动地，红妆与乌帽相掩映，居高临下，莫不历历目前。地擅胜游，人无俗韵，拈毫觅句，动满涛笺。

姬言辞温雅，粗识字，好文墨，故收藏之富，诸院中莫及焉。庚申秋，余与七夕生有武林之行，琴仙钱别舟中，修秋禊④故事，以丝竹侑觞，得识姬途次，作《秋禊十绝》以寄。菊天反棹，稻蟹初肥，姬斫霜鳌，篘⑤桑落，招饮花前，为赋俪语一章。

居二年，腊雪初晴，放棹白堤，姬凭阑眺望见之，固请登楼，雾鬟风鬓，怨恨见于眉宇。盖姬初与某生为割臂盟⑥，事不果，剪青丝寄之，乘夜沈于河，得不死。饮固豪，以酒自毁，蕉萃⑦日剧，余见而怜之，邀至舟，同人联句以记事。有云："帷开翠袖迎，帘卷花枝舻。忍寒理梅妆，珠光斗眉妩。"又云："寻诗过野桥，罄口芳心吐。拈花泥人簪，春意含钗朵。"临别倩余作"梨花满地不开门"图，明年图成，并媵词一阕以贻之，琴仙为代题云："杏花才过梨花落，流莺啼倦秋千索。十二阑干倚遍时，日高看舞氍毹⑧鹤。花落花开春复春，春风憔悴镜中身。炉香茗碗谁知己，侬是天涯沦落人。"又写得月楼图，某生题云："不识是恩还是怨，一行红泪不分明。"

　　姬之惓惓于图画，良以崔徽薄命，恐一旦不及卷中，故诸君之惋惜者亦深。今云英嫁去矣。抚今追昔，人隔红墙，而落拓青衫，依然故我，不觉感慨系之。楼中固多粲者，如偕玉、如玉，已不及见。次温玉，貌丰美，友人娱谷亟赏之。次辉玉，次暖玉，俱相继去。是楼黯然无色矣。

【注释】

　　①假妹，义妹。

　　②曜灵，太阳。

　　③蟾魄，月亮。

　　④修秋禊，古人于农历七月十四日至水滨举行的被除不祥的祭祀活动。

　　⑤篘，一种竹制的滤酒的器具。

⑥割臂盟，男女相爱，私下订立婚约为"割臂盟"。一刀许终身，二刀天可鉴，三刀永相随。

⑦蕉萃，憔悴。

⑧氄氄，羽毛松散。

陆沁香，居下塘。本泰昌人，隶籍吴门。性亢爽，善饮酒。以《诗品》品吴下诸姬者，不知何人昉也，上列吴中名下士，下列教坊翘楚，以品目冠之，殆为名士倾城而作。娱谷能文章，精笔札，而迈往不羁之概，独出冠时，品曰"豪放"，姬与焉。则姬亦非龌龊者比。

钱梦兰，居上塘。体貌闲暇，歌辞擅场。夫也不良，终风且暴，少不悦则当头棒喝，不顾月缺花残。甚至温柔乡里，锥刺横施，玉藕弯中，刀痏不绝。客欲拯之出，弗可。有姊妹行招之，亦弗往。珠啼玉泣，困苦终宵。质明则对妆镜，点獭痕，扫愁眉，梳堕马髻，盈盈对客矣。风尘坠落，夙世孽冤，若姬则尤甚焉。吁，可慨也！

潘冷香，居城中。友人竹士为余言，姬貌昳丽①，解吟咏，有《柳絮诗》绝工。其二女，长憨园②，次文园，喜翰墨，亦院中矫矫。余之编次是录也，尝笑吴苑莺花，可谓盛矣，然能如前朝之马湘兰、寇白门辈，竟少其人。甚矣扫眉才子③之难！闻吾友言，始信我辈鲜闻浅见，挂漏正多，未可轻为訾议。夫是录其小者也。

徐友兰，行大，居濠上。姱容修态，靥辅④承颧。少时为某公子所眷，金帛常充，姬不甚爱惜，随手散去。筑室三楹，杂莳⑤竹木花草，凉棚高架，疏幕低垂，冰簟⑥牙床，最宜结夏。镜卿赋断句十章，惊才绝艳，姬爱之，书诸屏。

河朔之宴，时招饮，生脱巾徙倚，读画弹棋，倦则花间半晌，蝶梦栩栩。以荷露烹茶，与生共话，而落日帘钩矣。盖姬慕西湖山水，翛然⑦意远，而镜卿烟霞痼疾，时买舟一出游，皆于此中得少佳趣，故能结遐想于芬芳罗绮中。然姬又好樗蒲戏，樱桃花下，与博徒决胜负，虽一掷千金弗顾也。今秋娘老矣，门前车辙常盈，华酌既陈，风光细腻，嫣然一笑，犹能惑阳城，迷下蔡也。

赵某官，居上塘。貌温婉圆滑，捷给⑧能得人欢心。长筵广席，各劝一觞，莫不欣然乐受。殆如《板桥杂记》之王小大者。悦濠上某，欲嫁之。某初饶⑨于财，喜狭邪游，丈夫也，而妩媚若巾帼，诸校书争爱之。由是家中落，不名一钱，闻姬言，以空匮告，姬招至家，衣食供奉如伉俪然。虽时出见客，而卧榻侧久不容他人鼾睡矣。

【注释】

①映丽，神采焕发，容貌美丽。

②憨园，《浮生六记》中芸娘欲为沈复纳的妾，误记姓温。

③扫眉才子，原指薛涛，后指有文才的女子。

④靥辅，酒窝。

⑤杂莳，栽种。

⑥冰簟，竹席。

⑦翛然，自由自在的样子。

⑧捷给，应对敏捷。

⑨饶，富足。

徐素琴，居下塘。假母姓许氏，貌丰而口给，一室诙谐，当者辟易。善居积，擅货财，富甲教坊中。姬有母风，目灼灼照四筵。居常作娇慵态，喜倚人而坐。白堤风暖，花市春柔，同人课集诗舫①，邂逅姬，迎之来，将使磨谕糜蓺都梁，如紫云捧砚，效水绘园故事。而姬不知许事，且食蛤蜊。未几相将脱稿，

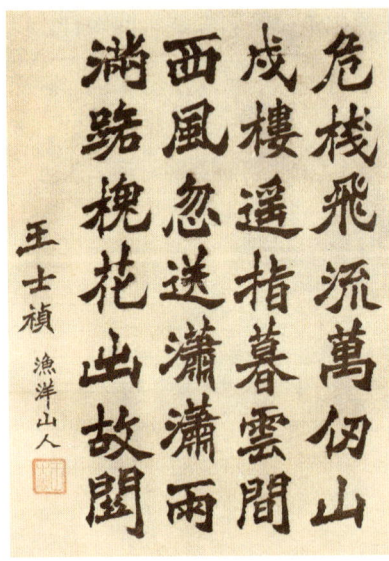

【明】王士禛手书

递为欣赏，举坐吟哦，姬睥睨良久，不复可耐，夺片纸按碎之，投诸流。姬固玉溪生所谓杀风景者，而书生腐气，敝帚千金，向不识之无人，刺刺诵诗文不已。鉴于姬，其亦知戒也夫。

李响云，丰神骀荡，鬓发如云。居濠上。门前一带，多系画船，室有层楼，设卧榻焉。房中陈列精雅，湘帘棐几②，猊鼎羊灯，军持插菊数十种，掩映多姿，居然画意。吴俗四时清供，鞠华最盛，鬻技者③加以名色，束缚钳梏④，屈曲从心。

昔陶公不为五斗米折腰，岂知千百年来，犹使凌霜傲骨，随人俯仰，以取悦一时乎？书之以博一噱。妹素云，貌逊于姬。

陆氏顺卿、眉卿，居濠上。姊妹俱略有姿色。其母解青邱之术⑤，摊钱暗卜，兆遇金夫，爱奇货居之。姬性恬淡，羞对客，母强之出，觍然一揖，反身入帘。教以歌辞，亦鄙夷不终学，日与妹共处一楼习女红，勤针黹而已。未几，白下⑥某以桃叶渡江，藏娇别馆。而大妇有胭脂虎之号，拘某于室，开笼放鹇。子焉无归，复依于母，珠还合浦，遂抱琵琶。岂姬之夙孽未偿耶？抑乃母之卜不灵耶？噫！

张佩仙，行三，居濠上。貌中人。姊二，官从同同。乃母负盛名，物色者，据老蚌生珠之例，车骑填闾巷。所居雕栏曲槛，绣幕绮窗，瓶菊盆梅，四时擅胜。以红氍毹⑦贴地，四面张云母屏风。一室簁灯，照耀如白日。风吹檐角，玉马丁东，与蚪箭铜壶相应。虽司空见惯，亦不能不目眩心迷也。院中如庭榭之绮丽，服饰之华奢，以及旨酒佳肴之美，器皿什物之精，人间艳福，为若辈享尽矣。

曹晓兰，居丁家巷。身躯短小，荡逸飞扬，善谐谑，以其双钩纤小，人呼为小脚三官。

陈佛奴，一名玉奴，居上塘。貌清赢，细骨轻躯，可作掌上舞。姬本良家女，误落风尘。怨恨三生，闲愁一种，居常善病，药炉茗碗，寥寂堪怜。浙东某生征为簉室⑧。姬欣得所，意良足，长斋绣佛，故更名佛奴。嫁五月而卒。

【注释】

①诗舫，供人赋诗吟咏的游船。

②棐几，棐木做的几桌，亦泛指几桌。

③鬻技者，卖艺者。

④钳梏，谓以铁箍束颈，以木械铐手，严加控制管束。

⑤青邱之术，奇门遁甲。

⑥白下，南京。

⑦氍毹，一种织有花纹图案的毛毯。

⑧簉室，侧室、妾室。

郑默琴，字韵梧，少字良家，及笄①而父悔之，其人鄙弃不复争。乡里鉴于前车，无问名者。父母相继卒，旋为匪人卖，遂入籍②。居恒怏怏，不屑作倚门伎俩。欲择人事，而物色风尘，蹉跎未偶者数年矣。闻余辑《画舫录》，介客述梗概，属书之，且曰："儿心事不得白久矣。如过此三年不嫁，儿诚非人，则载诸简者，请削以惩其谬。"余笑谓客曰："羊叔子何如铜雀台妓？

此謷言也。姬何重视是录乎？然志足嘉也。"故记焉。

孙素芳，行二，居上塘。体闲仪静，举止端妍，无教坊嚣张习气。家本浙东，流落广南，归次吴门，遂止焉。数椽老屋，风月凄凉，见客不甚款接，故客亦罕过。而数口飘零，赖姬以活，姬亦安得散千金、赎蛾眉于异地者？

素芳有二，一居阊门，姓李氏，行五，名噪一时。性傲岸，有大腹贾，愿金属贮之，却弗顾。余遇之武丘舟中，亦自娟好，若云独旷世而秀群则未也。适邑中某。怀佳人者，至今船过金阊，犹往往指红楼一角焉。

沈笑霞，居山塘。肌肤冰雪，曼睩腾光，调笑无双，娇情宛转。姊妹俱刘河人，故有大小刘河之号。姬与姊皆以舟为家，喜淡妆，嗜佳果，齵齿流酸，石华染碧，轻红乍擘③，香溅柔黄，消受春纤，不必谑以金钗落也。又好作幼小戏弄，憨态可掬，见者弗之怪，且爱之。七夕生有帷幕之征，忽为有力者所夺。芳时易过，缺月难圆，以苕华④赠别。时生将赴秋试，故刻为鱼龙变化之文。

蒋莒香，行四，居丁家巷。工画兰，间能著色花草。少与某订婚嫁，橐金⑤赠别，某挟金去，音问不通，姬迹得之，已他娶矣。积痗成疾，骨出飞龙，日啖盐如十口之数，否则胸中作恶，勺粒不下咽。白岩山樵，缠绵悱恻人也，悲其遇，时往访。尝席间以帕裹茉莉贻生，盖丝穿花朵，绾同心结焉。嗟乎！头上杏花有幸有不幸，使姬识山樵于早岁，则霍家小玉，不为薄幸郎憔悴死。而人之无良，某其尤哉！姬有秋兰小影，多名人题句。

王香柳，行三，居濠上。吴门食单之美，船中居胜，而姬家则尤诸船之胜。鳖裙凫蹢，熊掌豹胎，煿以秋橙，酤以春梅，拟于郇公厨李太尉焉。姬体貌清丽，沈默寡言，与之缠头金，则受，或杂以衣饰钗钏，则受金反璧。或诘之，曰："儿非倾心阿堵，顾阿母以钱树子望我，其奚辞？至一身漂泊，未识所归，虽金缕千丝，明珠百琲⑥，非我有也。适一旦脱然去，其与有此者，宁复知公等乎？公等亦胡为者？"客为之爽然若失。后适邑中某。

朱月娥，行二，居阊门⑦。姿容华赡，目溦层波。船娘中香柳推逸品，姬推艳品。而扁舟一叶，恰受两三，远山芙蓉，若离若即。《随园诗话》载船娘事，有"嫦娥下舱"之句，而姬正以不肯下舱，罕过而问者。镜湖渔子曰："名花相对，可以忘餐，乃以坐来，虽近弃之，登徒子岂真好色哉。"是言也，是真能好色者。玉梅花下，宜其恋恋于素春阁不已也。素春阁者，余姬香雪所居。

谈瑞珠，居山塘。髫年⑧盛饰，远而望之，灼若芙蕖出渌波⑨，近则不逮也。性爱花，姹红嫣紫，罗列妆台，品其香之优劣，尝谓"花忌太艳，艳则香减。故芬芳馥郁，恒在白贲无色中。"意盖举以自况。姬殆所谓销魂别有香与？

【注释】

①及笄，十五岁。

②入籍，沦为歌妓。

③轻红乍擘，形容女子脸颊粉红色。

④琲华，美玉。

⑤橐金，囊中之金。

⑥琲，串。

⑦阊门，苏州古城之西门，通往虎丘方向。

⑧髫年，女孩七岁。

⑨灼若芙蕖出渌波，语出《洛神赋》："迫而察之，灼若芙蕖出渌波。"

蔡蕙芳，行四，居上塘。盛鬋①丰容，风流自赏。其夫属梨园部，美丰姿，岁入足自给，姬复刺绣纹佐之，意良得也。居有顷，为博徒诱②，溺于博，姬规之勿听。然博辄负，倾筐倒箧，悉索无遗，负无以自存，遂出姬为沈氏假女。沈固老院中，坐客常盈，犹时取诸姬以供博。余观世之劳神伤财，莫博若也。而沉溺不反者，乐此忘疲，乃至不能有其妇，而尚不知悛③也。博之害亦烈哉！

陆小玉，居山塘。蛾眉淡扫，丰韵天然，而翠袖霞裳，丁东环佩，浓淡亦复相称。居处地近河干，屋小如舟。尝有友寄其家，闻客至，匿于帏。客甚称家世，夸豪富，姬厌之，呼闭门羹。客不解，转诘焉，友人嗤于帏，遂逸去。此与竹垞太史遇王某事正相类，儿女痴情，后先一辙，是可轩渠④。太史事见《西河诗话》。

张凤龄，居上塘。纤腰微步，罗袜生尘，眉有断纹，正如远山一角，峰断烟连，弥增其媚。工演剧，结束登场，极妍尽态，啼笑皆真，虽梨园弗及也。沅芗程君携姬至申江，时某氏园，鼠姑⑤盛放，锦绣千堆，选色征歌，人人皆玉。护花仙主，推色艺为诸姬首，人无异词。今年春，访姬于吴门，知适人去。蝉鬓翠娥，天涯离别，为怅然久之。

张韵雪，居湖田。眉目若画，口小如樱。喜作三绺燕尾妆，余发覆额，鬖鬖⑥如剪。披蜀缬⑦，躡绿华，宛然裙屐少年。若斗画长眉，高梳云髻，则反逊此丰致矣。胸有记事珠，词曲授之，即能上口，檀板金尊之地，春花秋月之天，与诸雏姬连臂踏歌，以红豆记之，无过姬者。

徐爱珍，居上塘。桃花两靥，丰美且鬈。工度曲。自凤龄、韵雪之嫁也，后起之秀，则有潘翠珠、沐绣翎诸人，而姬之名最著。

阿福者，忘其姓，居胥门⑧，流寓申江绿雨寮。寮本一邑之胜，施萝作障，叠石成山，裘马如云，钿车⑨如水。姬艳冶之名，倾动一时。性委宛，善饮酒，喜浮大白⑩，酡颜⑪星眼，强要人扶。倚绣榻，背银缸，解罗衿，捉玉腕，肌拊凝脂，春探豆蔻，香囊叩叩，丝履弓弓，处以却尘之褥，护以翡翠之衾，而姬不知也，盖玉山颓矣。此也仙所述，当此境者，令人真个销魂。

【注释】

①盛鬐，女子美盛的鬓发。

②为博徒诱，被赌徒诱惑。

③悛，悔改。

④轩渠，笑悦。

⑤鼠姑，牡丹。

⑥鬖鬖，头发下垂的样子。

⑦蜀缬，蜀锦。

⑧居胥门，苏州城西万年桥南。

⑨钿车，用金宝嵌饰的车子。

⑩浮大白，满饮一大杯酒。

⑪酡颜，脸色红润。

杨玉娟，小字自馥，居虎啸桥，流寓金陵钞库街。俊逸明慧，修眉横波。甲子秋，琴仙、娱谷、镜卿偕试白门，遇姬于秦淮水榭，与镜卿邂逅目成①焉。

翌日，同人集王韵秋水榭。韵秋名桂，故为琴仙昵，圆靥清眸，肌肤玉雪，亦秦淮翘楚。席间以玉娟询述目成状，韵秋笑目镜卿曰："若是，侬则当为瘦腰人急疗饥渴。"乃以油壁迎之来，琼席甫即，眉语旋通，射覆飞觞，灵心激注。觞政值生，浼度曲，姬为歌明人传奇《占花魁》一阕。酒阑，同人怂恿生送之归。

申后约，订明当集绿云图室，盖即洛阳女儿对门居。室为毛君畹兰别业，俯清淮，面丁字帘前。毛复广交游，名流云集。先是有欲得姬一笑者，屡靳②之，至日闻姬之为生至也，命侣咸集，姬殊落落。比生至，则媚靥圆，瓠犀展，捧研吮毫，以扇乞书。生为写红豆折枝，并系以词。夕筵既阑，众宾就散，眉月衔岭，凉星压波，乃凭露槛订星期，出袖藏络绣罗带一袭赠生。

生固丰于才，而啬于财者，转难之，姬曰："妾身值金二百，君第谋其半，妾当鬻③钗珥，得如数。"生终以四壁为虑，未之颔。毗陵某生者，愿与生订缟纻④，且艳其事，携朱提付生，将为石家半斛珠。生却之。比竣试，有力者欲强要之，以重金啖⑤假母，豫买舟河干。将为褰裳之涉⑥。姬侦知之，有遁志而未发也。

中秋夜，同人复置酒绿云图室，争致之，珊焉来迟。双黛萦愁，默默不一语，数拈带而已。索巨觥⑦痛饮，并酬生，黯然告别，厥明而为惊鸿之逝。时八月既望朝也。生亦寻为友招游摄山，追赋十绝以寄。兹录其三："酒鳞潋滟感琼卮，桦烛生烟绿缭眉。恐是同乡试相问，微波刚住水仙祠。""曾呼双桨访清溪，长板莺花半已迷。唤出尊前杨妹子，六朝山色尽眉低。""木兰催上太匆匆，懊恼丝杨万缕风。便放石城烟艇去，莫愁湖上最愁侬。”读其诗，可知其情之一往而深矣。

陈桐香，字璧月，行三，浙之姚江人。微眺含睇，蛾眉连蜷，裙下双趺，尤为罕俪。工演剧，非崑非弋，俗谓花鼓戏者是。浙东濒海邑，厥风甚盛。时值木绵脱树，采撷盈野，以戏进者日集，姬独不屑为。往来吴越间，所识多豪门右族，贵戚公子。或买舟向村落，居人敛钱演剧，士女如云，负贩骈集。陆博蹋球⑧之徒，以及游手无常业者，往往藉姬以食，姬可谓超乎流辈矣。

然姬少倾心于梁溪某公子，有终焉之志。将之邗江，公子填词赠别云：“阿娘知道嫁东风，挈儿也作飘零絮。”盖时姬尚十五，待字女也。今二十五年矣，十载江湖，依然漂泊，岂姬之初志哉！春初携其假妹小怜来。小怜姓唐氏，名爱。腰支瘦削，眉黛间蕴可怜之色，时称为两璧人，相邀者益无虚日。

余遇之邑中吴丈家席间，主人为姬乞名，碧城生字以璧月，以小怜字唐姬。酒半，愿登场为诸君寿，而诸君亦为姬乐尽一觞。灯树百枝，氍毹六尺，双花掩映，纸醉金迷。迨众宾散，漏下已四鼓矣。是日同人饯春武邱舟中，会者十有二人，翼庵、碧城生、谦谷、惺泉、良甫、竹士、云岩、伯冶、七夕生、镜湖、

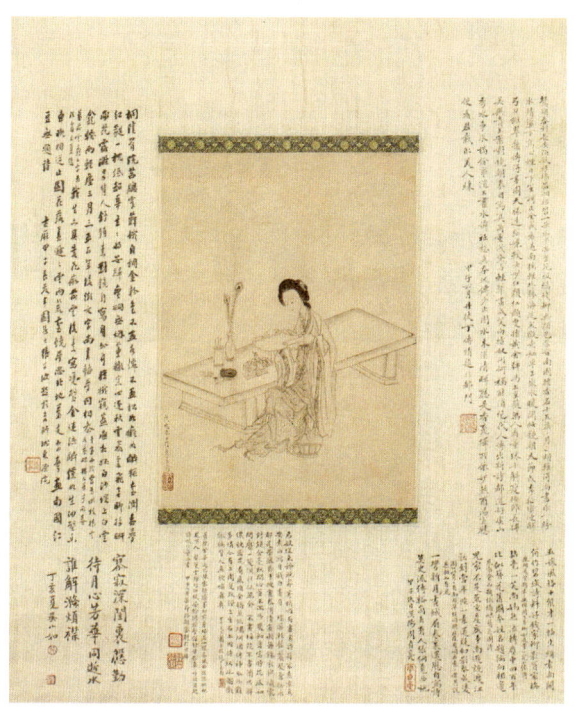

张忆娘赞花图

渔子暨余也。极天涯诗酒之乐，故并记之。

【注释】

①目成，通过眉目传情来结成亲好。

②靳，戏辱。

③当鬻，典当出卖。

④缡纻，深厚的友谊。

⑤啖，拿利益引诱人。

⑥褰裳之涉，语出《诗经·郑风》，谓女子主动追求男子。

⑦巨觥，大杯。

⑧蹴球，即胡旋舞。用一个一两尺高的大木球，画上花样，跳舞的人在上面腾踏旋转，始终不会掉下来。

小传补遗

　　董双婷，貌丰盈以庄姝，肤温润而苞玉，秾纤①合度，沈详②不烦。初姬姊小双，适人去，门前冷落，车马恒稀，假母强姬出应客。年甫③及笄，娥娥罕媲，于是客集如故。

　　碧城生游吴下，耳④姬名，往访之。时晓妆未竟，珠帘低卷，发长委地，双臂雪白如藕。生一见心许，解玉连环以赠。明日，姬折柬招生，生不果往，为书"云璈馆"额，同人赋游仙诗以纪事。闻生去吴，遂忽忽若有所失，常谢客。今复避地乡居，黄莺惜别，红豆相思，吾知钟情者，其必有以处姬也。

　　崔髻卿，名鬟，漱英校书女弟也。鬟而美，珊珊丰骨，宛约轻盈。少时为姊所掩，不甚著名，姬亦羞对客，故过绿云楼者鲜觏焉。春三月，种榆仙吏、碧城外史偕过吴门，同人送别武邱，遂访姬于娄尾花下。红阑十二，拥髻微吟，闻客至，半晌，抬身，新妆鬒鬈，仙袂翩跹。乃设琼席，唤索郎，赠小草兮将离，歌阳关之三叠，譬之飞鸟依人，人自怜之。外史拈蓉裳农部诗句，书楹帖以赠云："娇如新月真宜拜，瘦到秋花转耐看。"为倾倒至矣。

杜丽云，居城中。余固不识也，友人为余数称之，尝有事至蓉湖，蓉湖友人复谓曰："自姬往吴中，此地群空冀北矣。"则姬之声价可知。

顾双卿，居城中。娒婳幽静，体貌娬娟。院中多假女，姬独依母以居，母绝爱之。然喜豪饮，尝与客约，终日无食，饮巨觥，角胜负，禁之勿可，其憨态若此。有戏为诸姬作饮中八仙歌者，姬其一焉。工度曲，善觞政，与邑中某生善。

张轻云，居下塘。偶访黄月娴于卞家弄，月娴已他徙，铜环半启，绣幕深垂，庭前海棠一树，含苞未放，阑东悬鹦鹉笼，见客至，呼下帘，乃逡巡不敢入。姬下阶相迎，年未破瓜⑤，瑰姿艳逸。延入座，烹佳茗以饷客。相逢意外，良有夙因，归而记此，窃喜天台之误入也。别后赠以一律云："意外相逢定夙因，蓝桥深处见云英。艳能蔽月应长好，舞学回风最有情。金雁斜飞春按瑟，玉鸾微语夜吹笙。尊前领取殷勤意，合与苕华署小名。"

金秀林，居上塘。客有为姬请传者，余曰："余以无聊，为花写照，无去取，无轩轾⑥，偶拈一人一事，引而申之。但于姬未之见，亦未有闻，故不载。"客曰："盍即以不传传之。"乃补录焉。

盛畹香，行大，居城中。瘦削娟楚，善歌辞，能弈棋，曲房低几，清簟疏帘，往来多知名士。未几，为郡吏计购去，随风飞絮，无力自持，邯郸才人，竟归厮养。石城朱仁汾懊恨欲绝，赋诗寄怀云："邀得月来应是姊，化为云去只愁卿。"又云："谁怜桃脸秋来泪，洒上青衫一样多。"后邂逅于白公堤畔，虽似曾相识，然已憔悴羞郎矣。妹丽云，亦相继适人。

程棣香，行四，居濠上。态浓意远，霞举轩轩，与畹香称莫逆。生素有拘方名，无所惑，独爱姬，留连宛转，若不胜情。尝之申江，姬驾舟送至途，别数日，郁郁不自得，裹红泪以寄，嗟乎尤物移人，莫能自主！当其意之所属，如磁石之引针，琥珀之拾芥焉。然而青楼薄幸，不独樊川，热赶郎岂少哉？生与姬可谓一往情深矣。

　　沈素琴，居城内丽娃乡。淡妆素服，不事铅华，粗识字，喜诵唐人诗句，对客无寒温语，惟借扇头书约略读之，可以想其风趣矣。有某生侨寓金闾，与姬交綦密，席间歌玉茗传奇《折柳》一阕，生以事伤薄幸止之，姬曰："君诚多情，然小玉赍恨无穷，正使人人鉴此情痴，则死将不朽。且彼自薄命，于十郎何尤？"生默然无以应。嗟乎！紫玉谁怜？黄衫何处？姬殆古之伤心人与？

　　周新官，居山塘。貌黑而津，娱光眇视，丰致嫣然，时人以墨牡丹称之。

【注释】

　　①秾纤，肥瘦。

　　②沈详，沉静安详。

　　③甫，刚刚。

　　④耳，听闻。

　　⑤破瓜，十六岁。

　　⑥轩轾，高低轻重。出自《诗·小雅·六月》：戎车既安，如轩如轾。

补事

马姬，少未有名，随园老人过吴门，名之曰如兰。老人诗所谓"如兰二字付卿卿"是也。濒行与姬约，返吴当作两月聚。至梁溪，盛称姬于嵇公子集虚，谓向来评泊群花，必如其分，独于姬莫得形容语。公子曰："岂即不著一字，尽得风流者与?"老人击节，相与大噱。时与集虚送客胥江，舟中述此，取以补姬传之略。

宛兰落籍后，乞赠言于钱唐陈云伯，云伯为作小传云：杜姬凝馥，吴之吴趋里人。生而玉靓花明，丽入图画，秉性幽素，蕙心兰气。曳纨縠，被金翠，非其志也。妙解音律，尤工胡琵琶，铜炫银甲，转轴一奏，四座禁不发声，至变调入破，指无停拨，纹无滞响，觉兰陵王著铜面具，驰快马入陈，无此豪快也。吴中多工此技，无出姬右者，因称第一琵琶云。

姬貌明丽，皎若朝霞，品花者以天香国色，宜为牡丹。而姬独爱兰，谓"美人香草，擅芳空谷，由其色佳其品洁也。"尝诵汪诵莙"一种幽芳宛是兰"句，因以宛兰自号。所居研花楼，在水潭侧，红帘碧槛，镜影澄波，凫鼎蟠盘，位置妥帖。素谙琴理，兼参画禅，文人翰墨，尤所心嗜，长笺短幅，横陈四壁，玉轴檀册，盛以桂椟，杂置镜台香奁间，拱璧视之勿翅也。

吴中绣谷园蒋氏，故有杨子鹤所绘《张忆娘簪花图》，国初诸老，题咏几遍，袁简斋诗所谓"袖角裙边半姓名"是也。春瑶倩周君云岩仿其意，作《后簪花图》，江左能文之士，咸为赋诗。卷中人规模相似，得毋即忆娘后身耶？

七夕生与姬善，星河案户，密誓三生，是夕室中兰开，有双头并蒂者，咸以为两人真意所感。山阴王梅卿女士为写《同心兰图》，沈茂才镜卿赋焉。姬之将归于生也，假母积逋①负三四千金，将以居奇，生筹千金不足，姬则质②钗珥，又假他债以自赎。

姬既孑身出，而吴之人，以姬负重名，不欲其去，则假他词吓之，谓生故贫窭，不足以活，又谓室中人妒，将不容，姬咸不应，惟谓生曰："今日之事，妾生死依君矣！望君如岁，忍相待乎？"余之再经吴门也，适生以此事未得筹策，谓余曰："某德薄不足辱第一人，请为君作謇脩③可乎？"余素闻其事，辞不可，惟请一见颜色以为幸。

　　时姬已移居妹家矣，至则迟久不出，强之，方出。天人玉立，光采照耀，一揖而退，重帘寂然。生为道余倾慕之意，请奏其技，不可，强之，乃隔帘为奏《出塞》《入塞》之曲，予赋诗记之，并嘱同人排当其事，姬终归生。

　　莔香蒋姬，初不知其能诗，偶于张伯冶家，见数纸楚楚，同诵其题《翦秋罗》云："几丛寥落夕阳中，冷蕊疏花也自红。莫翦轻罗作团扇，汉宫昨夜起秋风。"

　　香雪性慕风雅，酷嗜翰墨，遇文士过从，必持纸乞诗。竹士云："乞诗就烛拂红螺。"碧城生云："美人磨墨乞题诗。"皆纪实也。种榆道人书楹帖以赠云："与谁吹月秦楼去，忆我探梅邓尉来。"

　　杜宛兰既归陈君瓜亭，布裳操作，不复理旧时故业矣。瓜亭以其小像，遍属名流题咏，灵芬馆主有句云："抛却檀槽理绣线，无人知是郑中丞。"盖纪实也。宛兰女弟小兰，艺不及其姊，而色过之，遂为都知录事之冠。后为有力者量珠④聘去。

　　戊辰春，灵芬馆主偕客至其家，招周君云岩为作小影，周君以婿病，不果至，遂已。然妩媚之态，犹宛宛想见之。壁间有人题六绝句甚工，其第五章，盖为宛兰作也："阿怜玉体阿苹衣，又见苏娘最小时。说与春寒须护惜，未妨帘幕至今垂。""国香慢曲尽人夸，肯降城南张硕家。录就小名兼姓氏，可怜叶叶与花花。"按小兰姓叶，故云。"倾国真宜通体看，风情烟视画来难。郭熙大有春山手，商略眉痕到笔端。""相见嫣然去黯然，催人画舫系门前。从来未识杨枝意，不管欢场管别筵。""宛转房栊旧有情，檀槽银拨响枨枨。十年前事无人说，多谢鹦哥记姓名。""匆匆舞席与歌茵，一曲春风未算春。领略风光须细腻，始知元九是才人。"

明·杨慎的手记

以上补事末一则，淞北玉鲩生赘入。

【注释】

①积逋，累欠的赋税。

②质，典当。

③寒脩，媒妁。

④量珠，丰厚的酬金。一说买妾。

竹西花事小录

【清】芬利它行者　偶编

叙

　　夫士当得意则登高而啸，人各有怀亦据梧而吟。所遇有殊，斯所宣各异，无二致也。仆于生平雅好翰墨，缘情绮靡，自昔而然。亦尝沈酣花月，评量烟柳。窃谓雪泥鸿爪，良复非偶；絮果兰因，不能强致也。薄游广陵地，当兵火劫余①，沧桑变后，人民城郭、市肆街衢，顿改荆榛②，尚非繁盛。二三知己，经过赵李，闲作冶游，酒地花天，哀丝豪竹，亦足娱。佳游于客子，鸣胜概于良宵。俄而人事不齐，翻然命驾，棹歌③间作，榜唱同讴，寂寞道涂，今昔增感。虽联再至之约，翻恐重来之嗟。雨恶漏深，酒销香烬。挑镫倚窗，粗为诠次④，庶续画舫之游⑤，不让板桥之记⑥。倘谓荒唐，端由好事云尔。

戊辰⑦（同治七年）冬仲泊舟湾头夕芬利它行者

【注释】

①兵火劫余，指太平天国军战祸。

②荆榛，谓世途艰辛。

③棹歌，划船时所唱渔歌。

④诠次，言辞未加选择和斟酌。

⑤画舫之游，指乾隆年间李斗的《扬州画舫录》。

⑥板桥之记，指清初余怀的《板桥杂记》。

⑦戊辰，同治七年，公元1869元。

昔余澹心（怀）作《板桥杂记》，以识秦淮故迹。凡冶游丽品轶事，分为三卷。余游广陵，非复承平故态，画舫旧踪，不堪重问。小秦淮水，既嗟宿莽，吹箫桥畔，半没荆榛。寒烟衰草，徒摇荡于晚风明月间。白石①《扬州慢》词，殆为鲥生②咏也。第俗尚繁华，风成逐末。陈隋花月，间有遗音，虽不过寻常桃李，门巷枇杷，迥殊竹西歌吹。而兴往情来，欢游暇日，有足往来于怀者。楮墨有灵，江山亦为生色。岂玉人月夜，不足藉题品以流传耶？因粗变其例，以冶游丽品近事错举互见，都为一集，不更分列标题，庶几展卷如经昔游，略见一时景物。风雅骚人，或所不废尔。

广陵为鹾运所在，虽富商巨贾，迥异从前，而征歌选色，习为故常，猎粉渔脂，浸成风气。闾阎③老妪，畜养女娃，教以筝琶，加之梳裹，粗解讴唱，即令倚门，说者谓人人尽玉，树树皆花，当非虚妄。顾世运变迁，昔皆聚处本乡，今则散居各郡，间有风流薮泽④，复以地方陋习，渐染颓风。营市隶卒，闾左⑤少年，往往垂涎女闾⑥，肆其毒扰，朱幡莫护，绿树易凋，转徙靡常，聚散不一。冶游裙屐，慨叹同深，余游躅所及，惟新城东南隅石牌楼为麕聚⑦之所。数家比栉，粉黛成群，尽日看花，如行山阴道上，应接不暇。前后左近，亦有花丛，香草碍人，游丝横路。偶以闲暇，试一过从，颇足怡荡心目。略加题品，聊事表章。庶青骢⑧玉勒⑨，犹识音尘，天末斜阳，罔虚结想耳。

【注释】

①白石，姜夔，字白石。

②鲰生，浅薄愚陋之人。

③闾阎，寻常百姓。

④薮泽，人或事物集中的地方。

⑤闾左，古代二十五家为一闾，贫者居住闾左，富者居于闾右。

⑥女闾，代指妓院。

⑦麇聚，物以类聚。

⑧青骢，毛色青白相杂的马匹，代指骏马。

⑨玉勒，玉饰的马衔。

　　女闾极盛，号为八大家。聚散不一，而皆粉脂荟萃也。粉白黛绿，列屋闲居，尽态极妍，呈能角媚，流连杯斝①，评品妍媸②，信乎！温柔自有乡也。旧以高二家为最，陈四、高麻子、蒋和尚次之，小高二、刘三娘、蒋桂珠又次之。更有熊姓，侨寓南河下，道迂且僻，至者颇罕。其他税屋而居，卖花为活者，新旧城中，亦复不少耳目所囿，未遑编搜，但志所见，已足怡人。倘续品题，请俟异日。

　　邗江三凤，久驰遐迩。余于去夏同乡席中见之，匆匆行色，不复记忆。迨崔护重来，大金凤已从良为逆旅主人。友人主其家，遂缘阶见，鬓丝眉语，人面依然。言词铦利，刺人心目。笑声烈烈如枭鸟，闻之心旌辄摇，合欢树子，不至令公怒也。琵琶妙臻绝技，瓣莲贴地，别有婀娜之致。小妹明妍，他日尤当拔萃，惜时无杜牧，莫订柳枝后约尔。

小金凤仍在高二家，因有主者，匿不见人。东山生于十二峰人座中，得一邂逅，述其大略。娟秀宜人，不负盛名。喜凤貌娟静，寡言语，澹妆凝坐，竟日默默，粲然启齿，委婉可听。翘笋纤细，竟称少对，莲步姗屑，情状袅娜。惜双耳重听，遂为白璧微瑕。

时又有大小宝玲者，并侨其家，小宝玲尤端倩，双眸清朗，秀色撩人。工度曲，善理觞政③，连举巨碗，不致酩酊。余与东山生初见之，即屈指相许，厥后④花鸟流连，眼界日扩，而鉴赏所加，终少伦比。大宝玲丰肌腻理，素面朝天，不假粉饰，天然入画。引喉按步，宛转璃筵。虽非楚楚纤腰，政不觉环肥为累。朴庵生赏爱卿之倩爽，十二峰人称明珠之工于语言，刘桢平视，原觉稍异中人，未敢竟升上第尔。

余初至解装⑤，香草词人即盛称玉红，以《京江晏花小序》

见视。知为京江花丛之冠，与小云齐名。闻以避人旋邗⑥，知者争以先睹为快。而玉洞桃花，未识仙源何处，令人如望海上神山不可即也。会予同东山生、香草词人、京兆眉史同访喜凤、小宝玲，谭及玉红，始知即在三径草堂，相去不远。同人欣跃，挑灯亟访。时秋月微阴，商飚徐扇，莲花漏下，已将三滴。披荆履棘，越陌度阡，深巷重门，铜镮徐叩，老媪少娃，款关延客。白已他出，期以翌辰。待晓招携，重寻莎径，直造绮窗。玉人初起，倚帘晓装，真发如云，鬘鬖⑦珠额，桃腮含晕，杏靥微涡，娇逐步来，羞从面起。靡颜韶齿，星眸射人。含笑延坐，寒暄甫毕，一座尽怡。顷之，春柳生踵至，女伴麕集，合坐谐谭，数刻始别。从此同人招饮，座无玉红不乐，玉亦非坐中人不欢也。玉善觞政，拇战尤工，东山生最喜与角，酒兵亦称大户，酒酣耳热，逸兴横飞，媚态憨情，色飞眉舞，举坐鞠然⑧。顾性特兀傲，脂粉生涯，偏忤权豪，桃李其色，铁石其心，不免动遭时忌耳。

【注释】

①杯斝，古代温酒的器具。

②妍媸，美丑。

③觞政，古时饮酒一种席间取乐的游戏。

④厥后，从那以后。

⑤解装，卸下行装。

⑥旋邗，回到邗地。

⑦鬟鬒，发美。

⑧鞭然，高兴的样子。

　　双珠年称十七，旧隶京江，为三径主人假女，挂籍邗上。肥比玉环，憨如袁宝，固宜长把花枝傍辇行也。谐语媚词，百态横集。而双蛾微促，若不胜情。十二峰人与有旧欢，既而唇反。东山生屡思还珠合浦，鸳字重描，竟未易再为撮合也。性慷爽，遇所不可，不少假借，背人默坐，冷语侵心，令人不能复耐。当其得意，魂飞色授，情态嫣丽，妖语妍词，百端交作。加以颜如红玉，光艳莹然，芳容相对，真个销魂。倘入汉宫，合德亦当却步，诚祸水也。无他伎能，而艳帜独树，余在白门^①，即耳其名。到此，始知名不虚得。第其素性翩轻^②，乳燕傍门，不肯旧巢恋主。恐花暝柳昏，仍未免春泥狼籍耳。

　　喜凤姓王氏，年只十四，举止佻冶^③，而时复羞涩，娭光^④

妙视，情态天生，宛似大家青衣。兰香亦王姓，年已不少，貌瘦削，见客依依，移暑⑤不去，盈盈脉脉，若不胜情。妹兰娟倩爽，齿牙快利，间以诙谐，时作憨态，工讴北词，年仅破瓜，当推后来之秀。明珠旧名小如意，齿近老凤，貌平平而雅工弹词。东山生每见，必索其唱小词，颇觉听之忘倦也。

宝珠邗上人，而新归自崇川，余初从岑氏斋头见之，齿类徐娘，而偏饶丰韵。天寒倚竹，翠里生怜，弱柳晚风，珊珊莲步，有林下风气，非复障袖⑥抹肩故态也。雅工词令，从容酬答，款曲得宜，酒酣度曲，以盏代茗，可称大户。觞政极严，不少假借。东山生尝与角拇战，麕数二合，始不相下，既而输服，饮乃极欢。侨高麻子家，以事杜门，客必逾垣，始得相见。同人过访，偶效西厢，粉墙不至高似青天也。瘦如飞燕，弱不胜衣，鬓影花香，别余清韵，花丛中目为瘦宝珠，果然人比黄花矣。

小云旧为京江⑦名下，侑觞⑧者，招无虚夕，而色艺平平，名士殆如冠玉耳。小素为麻子假女，娟楚有致，举止安详，久负时名，近为一武夫以千二百金购去。水底鸳鸯，固较胜溪头鸂鶒。第闻十二金钗，已列其六，满园春色，恐不免有红杏出墙之虑也。

夏秀莲，金莲之妹，自京江还，丰硕醲粹，靡颜腻理，体似昭仪，客有挑之者，以鬒鬒^⑨有须，始多扞格^⑩。俄此君以星相之说，属工芟薙^⑪，夜雨池塘，不生春草；东风帘幕，独对名花，何乐如之！好事者辄缘此相嘲，客亦不讳言之也。姊妹并工度曲，曼声徐引，听之忘倦。

【注释】

① 白门，今南京。

② 翾轻，轻佻。

③ 冶，妆容艳丽。

④ 娱光，目光传神。

⑤ 移晷，经过一段时间。

⑥ 障袖，以袖遮面，借指美女。

⑦ 京江，今镇江北。

⑧ 侑觞，在筵席旁助兴，劝人吃喝。

⑨ 鬒鬒，须发稀疏貌。

⑩ 扞格，抵触。

⑪ 芟薙，刈除，引申为开垦。

金莲字云仙，尤工琵琶，指音清脆，颇殊俗响，谭话娓娓，举止娴雅，珊珊子亟称之。现亦旋邗，酒阑茶罢，偶一清谭，觉梨花夜月，别有会心。较异芳春桃杏，差堪与南枝倩影，同秀罗浮尔。

陈四家住石牌坊后，败瓦废椽，榛芜极目，曲折始达。姊妹花开六七枝，驰名者巧玲、双玉。余从京兆眉史同访巧玲，值以玑瑠箸供食，放箸延客，情词款曲，软语昵人，嫣然作态，令人心醉。眉史一见倾倒，屡欲招致，以双珠故，未能遂意。会双珠以事他避，始数招侑觞，悄语缠绵，备极兜搭①，殆足销魂也。双玉年廿许，以讴②名，一曲明珠，时称罕比。惜嗜阿芙蓉③，不免消瘦，双颊略为减色。

金玉年将及笄，而情态颇足，亦以善讴得名。玉蝠倩秀，楚楚可怜，伎艺亦可观，论者谓胜于二玉。爱香少有时名，大致情雅，素琴初见，未笄，貌具男相，未几而云鬟雾鬓，绰约生姿，睇眄④有情，别饶小儿女风味，真后来居上尔。

十二峰人尝以秋日招饮小高二家，从入深巷，仄经徐步，蓬蒿满目；蛇行纡折，棘刺牵衣。俄而深堂曲室，别有洞天。酒炙纷陈，竹肉竞进，觞饮极乐。名花六七，酬答杂沓，情意殷勤，亦一胜也。

陈爱珠小字月仙，十二峰人所昵，双眸颇明秀，善眄睐，顾盼流传，隐含荡意，背镫送目，春色撩人。忽以事忤所欢，大受讥诃，同席复歌小词嘲之。粉泪盈盈，珠零粉颊，合座力为缓颊，乃已。喜林妍雅有憨态，喜林其妹，颇似高家喜凤，而加以儇利，善谈谐，不如其凝静也。

如香、翠香亦姊妹，如香貌中资，善讴吴歈，清越有节，略能识字，情词宛转，舌妙粲花，国香主人曾招致之。翠香乏婀娜之态，而眉目偏具姿媚，凝重不喜言语。十二峰人曾泥余招之侑觞，一曲当筵，珠喉宛转，不寂寞也。闻并工蹋歌，能演小剧，引喉按步，略有可观。惜过客匆匆，未睹氍毹⑤舞态。兰英为怀甯听月人所青目，极相爱昵，齿虽雏凤，而言词儇黠，齿牙清丽。其余如玉琴、素云、素娟辈，虽少挟所长，而皆鲁卫之政⑥，只堪为风雅附庸耳。

刘三娘住芝麻巷，新居未久，花枝十数，文秀小亭为翘楚，意致明媚，亦颇可取。主人假孙女喜林，年才十四，貌略似小宝珍，而眉目娟秀过之。双眉熨贴，意度端凝，倘探以吴钩，瓜字含瓤，不妨窥见秘隐也。素兰新到，貌似娟楚，意度温婉，仅一接谭，不能遂相题品。余子碌碌，无烦再费楮墨尔。

曲中装束，尽效苏台⑦，匆促不暇，始加鬏髻⑧，金泥裙带，翠袖芙蓉，摹仿未必全工，而规模竟为粗具。每一过从，差免生迁客之悲。间有工昆山曲子者，渭城杨柳，恍操南音，不致秦声增人忉怛⑨。三五女郎，类工调谑，儇利便捷，啭若春莺，能令游子荡心，老成醉魄。酒酣耳热，促坐合尊，香鬓厮磨，兰言⑩徐款，斯时非柳下季恐不胜坐怀矣！

【注释】

　　①兜搭，勾搭。

　　②讴，歌唱。

　　③阿芙蓉，鸦片。

　　④睼眄，顾盼。

　　⑤氍毹，借指舞台。

　　⑥鲁卫之政，比喻情况相同或相似。

　　⑦苏台，借指苏州。

　　⑧鬏髻，脑后头发盘成的髻。

　　⑨忉怛，悲伤，悲痛。

　　⑩兰言，心意相投的言论。

古人千金买笑，而今则缠头之赠，有赏其工于哭者，南词中如《哭小郎》《哭孤孀》之类。向为江北擅场，二八佳丽，往往专能。十二峰人、东山生颇喜听之，每际欢场，辄索此曲，曼声徐曳，哀音动人。每至转咽过情，真不止如泣如诉。后庭玉树，未必如其悲感顽艳。一曲红绡，亦外篇也。

九月既望①，余偕东山生及诸同人为三径之游。日色方中，微云羃羃②在，意谓少留，即可命驾。乃秋雨淋漓，自午彻夜，主人殷勤留饮，遂命壶觞。珠玉二妹，先已他往，俄顷旋返，张筵列坐，品酒征歌。漏下三鼓，始同还寓。街衢积水盈寸，肩舆灯火，相从道旁，极尽欢娱，正复不觉其况瘁③耳！

余辈聚处宴游，春柳生柳枝庵中居多。每聚，酒炙叠进，珠玉在前，觞政竞角，行歌相和，无客不酹，靡饮不欢。香草词人悬弧日④，同人公为介寿群萃庵中，小斋明瑟，张镫围坐，飞觞醉月，兴会飙举，备极欢洽。固由主人好事，诸同人兴亦不恶也。

春柳生四月间，同月旦客游京口，邂逅小云、玉红。遂介香草词人、四明珊珊子同招侑觞，酒尽歌阑，俄而鼓棹，从此颇相系念。小云适来，旧雨乍逢，遂相招致，花朝月夕，时接清谭，遥见玉红，翩然绝迹。朋侪宴集，非红不招，固尤物之移人，亦钟情之非妄已。月旦客颊有梨涡，玉红一见心倾，极相顾盼，时共嘲谑，牵裾引袂，别具缠绵，虽春柳生在座不忌也。同人以此时相揶揄，月旦客辄讷无以对，俯首弄袖，颜如渥丹⑤，政自别饶风趣。

十月中浣⑥，□（缺字）金总戎凯而还。舣舟⑦，合声、色选、歌舞以尽其乐，小金凤、宝珍及玉红诸名艳毕集。酒酣彻晏，独留金凤为夜度计。沛国观察⑧夫人手为理妆劝进，鸳鸯队子，旗鼓一新，鸾栖三宿，赠缠头锦甚丰。金凤从此称病，客或过访，云鬓惺忪，花容寂寞，居然弱态，娘子军固不敌金铙⑨屡奏之大帅哉。坐此情兴大减，往往避客，职是故耳。

四明珊珊子旧识玉红，雅自属意，未克定情。忽自京江放棹而来，香草词人喜相告语，同访玉红，肆筵命饮，酬答甚欢。俄而招致者至，意拳拳竟不肯赴，鸨母谆嘱同人劝驾，徘徊不忍，珠泪盈盈，萦绕目睫。再三开导，勉强一往。俄顷即还，醉颜微酡，散步凝笑，俨如弱柳春风，摇曳作态。翌日重饮柳枝庵中，华镫夕张，式燕且誉，赌酒论歌，丙夜⑩方罢。珊珊子因有事京江，旋即返棹，卒未能通款曲。鸿爪雪泥，徒留踪迹尔。

【注释】

①既望，农历每月的十六日。

②羃羃，覆盖笼罩貌。

③瘁，疲劳。

④弧日，古代风俗尚武，家中生男，则于门左挂弓一张，后称生男为悬弧。

⑤渥丹，面色红润。

⑥中浣，古时官吏中旬的休沐日，泛指每月中旬。

⑦舣舟，停船靠岸。

⑧观察，观察使，四品官员。

⑨金铙，古军乐器名。

⑩丙夜，三更时分，子时。

陆素香，曲子师之女，旧在三径草堂。貌中人，伎能粗具，楚客昵之，遂别卜居。客以久交，冀成眷属，素香雅非所愿，客乃伪造婚券，诡称买妾，中变，鸣官压制，会有入赀①为解者，事始寝。居不匝旬②，客以赚人钗钏被控，系请室③半月方释。天道好还，政不必谓野宿鸳鸯，可供鱼肉耳。

楚人缑山氏拟纳玉红，赠遗优渥，无夕不招，冀相钩饵。

玉悟其术，意微却之。客大失望，遂相逼辱，致遭讼累。入金为解，乃已。而所得已耗七八矣。牙爪耽耽，唇舌时作，草堂杜门，既而远飏。春柳生时访息耗，若有所失，月旦客尤切至，五日不于春柳生前，殷勤探问，意态可怜。他日重逢，不知个人何以发付也？

东山生一见瘦君，颇垂青睐，而自守綦严，流水行云，不欲偶着色相。瘦君亦殊倾倒，红偎翠倚，依依可怜。东山生尝拟遍作朱幡，普护花界，可谓菩萨心肠，未知此种愿力，果能偿否？

曲中以招致侑觞为最乐，合尊促坐，对酒当歌。心许目挑，情文交至，不甚唱夜度曲，知音素稔，始克一度寻春，虽粉黛生涯，非尽肉林鹰犬也。女郎称未破瓜，讳言改装。有私昵者，银钉背坐，偷解罗襦，亦情不自禁，惟不肯公然延迷香洞④设神鸡枕耳。

绛袍生初自淮壖⑤来，一见玉红，即相倾倒。阴市珍物，窃通赠遗，始犹扞却，固请乃受。曾玉以他事积忤尊客，生为排解百端，得以无事。自此感荷，颇加眄睐，生侥幸得当，曲致拳拳，虽水月镜花，而相赏竟在骊黄之外⑥。适有高湖之役，浦飘既挂，兰思犹萦，遍致书函，属为铃护，真可谓名花慧鸟，鉴赏非虚已。

晓风残月，铁板红牙，低唱浅斟，冶游胜事，顾量珠记此，曲间颇属罕闻。即有名工，亦非昆山本色。分刌⑦合度，良非易言。三月广陵，竟嗟绝调，学圃客至自淮西，清讴素擅，引宫刻羽，曲尽其妙。柳枝庵小集，酒酣耳热，引喉高唱《关大王训子》《赵太祖访雪济师伏虎》诸剧，兼及生旦家门数曲。音节谐和，高下抗坠，各得所宜。四座神王，邃工大有裂破玉龙之惧，是日城北公招春林侑觞，虽勉强数阕，不免颦效为难，曲高和寡，良有以也。

步步生莲，美人所必不可少者。石榴裙底，罗袜一钩，最足令人魂销。乃遍览群姝，虽非白足摩登，大都有湘兰之病，使杨铁崖⑧复生，不能更以鞋杯行酒矣⑨。

【注释】

①入赀，纳钱财以赎罪或取得官爵功名。

②匝旬，满十天。

③室，囚禁有罪官吏的牢狱。

④迷香洞，妓女接客的上等处所。

【清】董小宛 《花鸟图》

⑤淮壖，今淮安一带。

⑥骊黄之外，不拘泥于事物表象。

⑦分刌，同"忖"，揣度。

⑧杨铁崖，杨维桢，号铁崖。元末明初著名诗人、书画家和戏曲家。

⑨鞋杯行酒矣，杨维祯好酒，他每次在席上饮酒，都察看歌妓舞女的鞋子，如果是缠足小鞋，就叫她们脱下鞋子，倒入饮酒，称之为金莲杯。

　　高家喜风，极为纤妍，双趺贴地，正如出水红菱，婀娜可爱。余者间有可取，而彷佛偏难，衣香鬓影，色色撩人，毕竟葑菲^①莫采，可称憾事。

　　尤物招忌，自昔而然。往往名姝，易遭谤缺。硗硗^②易屈，真不妄也。玉红、小宝玲辈以艳名久享，车马盈门，酬应少疏，即忤物议。饮食之讼，时复中之。倘非持护有人，玉碎香消，诚为可虑。而当官符^③甫下，追呼满庭，或蹂躏横加，举室抢攘，温柔乡中，受此恶境，施之者未知诚出何心？当之者不觉因而裂胆。余在邗时，目击耳闻，往往眦裂发指。迄今扁舟雨夜，停泊荒原，犹觉风波可虞，胜于利涉也。翌夕泊舟蒲涛城下书。

火井生莲，自非虚语，院中本陷人坑堑，况当时世艰难，献笑倚门，鼠雀时虞④，危于燕幕⑤，有何顾恋？不急抽身，第或知己未逢，虚左相待，或父兄逼迫，因循未遑。是亦人情，不妨相亮。若乃齿同房老⑥，春花秋月，暮去朝来，尚贪恋风尘，不思退步。窃恐明眸皓齿，空负花枝，舞扇歌衫，终归流水。始叹悔迟，何嗟及矣！

冶游裙屐⑦，往往工制楹联，赠所赏识，曲中姝丽，亦多喜赠以联语，藉结翰墨因缘。是以此中竟多佳句，小云如"钱塘苏小前因在，巫峡朝云变态多"，明珠如"明月一轮人独立，珠帘半卷双燕飞"；玉红如"笑我重来修玉镜，问卿何事堕红尘。"款皆修月主人，竟是一人所撰，不知何许人也？喜凤如"喜从萍水逢知己，凤集梧冈迥出群"，亦尚平稳。月仙如"月夜又逢桥廿四，仙山不隔路三千"，又如"圆相最宜修桂魄，诗心端合制蓉裳"，则十二峰人所贻。又有赠玉红集句一联云："夜月玉屏巢翡翠，春风红豆误鹦哥"，跋语亦甚工倩，绛袍生赠联云"琼箫月冷人如玉，绣幕春醲花正红"，东山生赠宝珠云"小字瑶钗痕刻燕，清讴琼管句探骊"，皆有四六跋语，清丽有则。余集宋词为人赠兰英云："春入兰心，娇含柳眼；花销英气，酒被清愁。"亦天然玉合子也。

时流评骘^⑧以小金凤为最，小宝玲、玉红亚之。以余所见，宝玲端倩，玉红流丽，各不相下，自具擅场。小金凤，余知之未详，不能臆断也。窃谓风尘本无全美，零珠碎璧，止堪义取断章。金屋兰闺，丽人不少，自与东风桃杏，品格不同，未可相提并论，特仅此品题，差异自郐无讥尔^⑨。

浓桃艳李，取胜一时。巷陌东风，仅娱游目。向来色艺并称，始为全璧。今则正声响绝，真美亦稀，风月平章，只可略观大意。下乘人物，概不以污齿颊^⑩，并非惜墨如金也。徐青藤《画蒲桃诗》云："半生落魄已成翁，清卧萧斋对晚风。笔底明珠无处卖，闲抛闲掷野藤中。"余以孤舟夜雨，藉遣寒宵，亦犹青藤托兴丹青，销磨岁月。非谓此中有人，果可呼之欲出也。

【注释】

①葑菲，语出《诗·邶风·谷风》："采葑采菲，无以下体。"后用为鄙陋之人或有一德可取之谦辞。

②硗硗，高俊貌。

③官符，官府下行的文书。

④鼠雀时虞，谓世道充满了欺骗。

⑤危于燕幕，燕子把窝做在帐幕上，比喻处境非常危险。

⑥房老，年老而色衰的婢妾。

⑦裙屐，衣着华丽的富家子弟。

⑧评骘，评定。

⑨自郐无讥尔，从郐以下不值得评论。

⑩污齿颊，口头谈谈。

　　曲中诸美，均系假女，其姓氏多不可问，即名字亦往往时为更易。阅时稍久，不复可寻。名姝稍为易访，以传闻既遍，不肯再更也。玉红本姓陶，其家尚存，余则或转徙贸迁，或出自童稚，不复知生我何人。飘茵落溷，故是各具因缘。第如此浮生，殊为可悯，不知过去因中，果何脩积，获此善果尔？

　　院中缔交，谓结线头，江北里下河各处皆然。八家大率此中巨擘，谓之清堂名。下此者谓之浑巢子，凡在浑巢中者，不能污泥自拔，即偶尔鸡犬升天，终不为同侪爱重。流品之分，曲中犹然，固可薰犹一例哉。

　　余尝偕香草词人、东山生闲行道左，经一曲巷，倚门女郎，姿态清洁，辗然顾笑。经过数武，试一回首，尤笑不可仰。方拟追踪，倏已含笑进巷，叩门而入，窥其举动，大是秦楼。他日偶过，见面即笑，究竟不知谁何，未暇详为搜访，大抵此邦花枝不乏，本非客游人所能遍识。画楼曲室，径绝渔郎，诚未能一一问津尔。

招伎侑觞，人不过饼金二三枚。即劝酒当筵，备极酬答之乐，座客既可尽欢。女郎亦乐于从事，名为出局，以是为荣，所费不多，往往非花不醉，第从此竿头日进。则沈酣花月，所需不赀，窃恐阮囊藉囊空，未必花枝含笑，不若过眼云烟，为不失本来面目耳。必求极乐，毋乃太痴。

旧城中有居姓姊妹二人，大略娟楚，新有营弁①某以三百金易其妹，其姊少逊，闻尚待贾。同乡友人为言之，水师总戎②幕中有东瓯氏者，酷喜金玉，往往招携，须髯如戟，时为拔去，亦不以为忤，久而愈笃，可谓爱花成癖者，亦此君为余言也。

十二峰人尝同国香主人至徐宁门，访一姝丽，深巷曲折，数绕始达。小楼清雅，丽人在焉。字曰香侬，钱塘苏小也。归为余言而屡欲往寻，不特路绝桃源，抑且芳踪幽杳，几如峡云无迹，莫可端倪，闻貌甚端妍，而词藻辩慧，且将有所适，惜乎未能谋面也。

清江陈玉蝠为曩时③花榜殿军，往在海陵曾见之，工讴昆山曲子，套数极多，言谈斐亹④，竟日不倦，故是老宿，后辈所不及也。住蒋家桥，闻有主者，不复可往，学圃客尝因缘一见，态度犹昔，惜未能重访尔。

游三径草堂者，辄以珠玉同称。余辈初亦等量齐观，谓未易优劣。会⑤拗莲生耳珠玉之名，泥余同访。晓妆初罢，连袂偕来。芙蓉帘幕，接谭未久，生即谓余玉有光艳，差近雉皋金玉二姝。珠则粗才，不过少异寻常脂粉。余深维其语，殊觉大有会心，自此品题，当无舛错。

此间有名黄鱼者，大率村墅女郎，饰貌修容，侨居城市，茆⑥帘竹舍，作夜度娘。亦间有姝丽，可悦时目。惟莲船盈尺，湘裙徐启，满床蹒跚，不免令人索然乏味。闻此种率工房中纵送术，是以嗜痂者甘之如饴，斯亦冶游之外篇，风雅之变境也。

魏晋乐府有巾舞拂舞，遗制久佚。今则二八女郎，曼声按步，宛转蹋歌，和以筝琶。每当绿酒微醺，红灯高挂，寻音按节，心调气和。翠巾徐拂，衣香袭人。有足神移目夺者，非知音密席，推奖再三，未肯轻试纤腰，偶施雅步也。其曲有《独上小楼》《独对孤灯》诸则，并皆情致缠绵，虽非白雪阳春，大率昵昵儿女语，加以金莲贴地，瑶佩飞云，楚楚腰肢，氍毹迥转，倍觉情文相生。

玉蝠、大宝珍、王喜凤最擅胜场，余亦有专工者，殆亦巾舞之滥觞欤？

小金玲侨高二家。新自崇川归，未数日也。貌秀倩，意态甚媚，齿犹雏凤，楚楚生怜。金珠年十八，自京江来，貌丰艳，意态恬适，绮席乍登，时誉大著。宝珍旧在海陵，曾同游宴，昨亦返棹崇川，齿虽少长，尚可想昔日规模。谭话颇不枯寂，惜嗜阿芙蓉，不免秋娘渐老耳。

【注释】

① 营弁，中下级武官。

② 总戎，唐为节度使，清为总兵。

③ 曩时，以前，从前。

④ 斐亹，文采绚丽。

⑤ 会，恰巧碰见。

⑥ 茆，茅草。

朋侪中十二峰人最豪宕，流连歌席，色舞神扬，雅近吾家，横岘生气，概春夏气，良不可少。东山生和而不流，虽有国风之好，不过香草美人之思，不屑屑求实际也。第用情最深，有所向往，固结缠绵，不能自解。幸防闲有素①，不致倡条冶叶②，茧裹絮缠耳。香草词人亦长于情者，惜以杨枝凤约未酬，无暇作章台③新梦，所以与花周旋，未著色相。春柳生绮岁多情，而自期甚厚，操守亦严，虽心赏有人，终未肯红楼选梦。夫惟大雅，卓尔不群，彼君子兮，何日忘之？

夫文生于情，绮怀难忏；醒胜于梦，絮果非诬。自非金臂大人，痛加棒喝，茧缠蛛缚，易种因缘；等藕寻莲，罔苏结想。根尘孰悟，缠使常深。梦幻泡影，谁如是观。太空元虚，讵非有境。曷怪丹衷④易昧，白业⑤罕修也。

仆以妙年，即生色界，沈绵迷罔，觉岸希求。得失穷通，浮云等视。独至契深裙帔，缘缔簪裾。弗揆净因，特生恋境。乃至握手顷刻，挑目须臾，妄谓宿根，匪由勉致。颠倒一念，迟徊寸心。厚自排遣，莫能强制。是以笠屐所及，每多花旋招寻。时识空花，旋迷智种。迄今孤舟雨夜，荒行郊原。听刁斗于高城，聆鸡声于村岸。非不寂寞是叩，羁穷可怜。而窈冥灵懔之思，斗叶俪花之笔，靡所发舒，性灵湮郁。

由是剪灯酒罢，弄笔雨余。汇记前踪，纂成斯帙。色空胡徵，因果宁虚。将使生香活色，悉绘毫端；尽态极妍，都呈腕底。

《落霞孤鹜图》 唐寅

立轴　绢本　水墨

上海博物馆藏

纵189.1cm　横105.4cm

其人呼之可出，于事非出无稽。托子虚亡是之辞，为璃箧瑶函之闷。雌黄月旦，偶寓丹铅。庶玉人月夜，藕认芳踪。金埒风前，堪寻旧躅。编录既咸，谰言复申。勿嗤饶舌丰干，当愧辩才非慧尔。

嘉平朔日海陵宵泊书。

【注释】

①有素，由来已久。

②倡条冶叶，原形容杨柳的枝叶婀娜多姿。后比喻任人玩赏攀折的花草枝叶。借指妓女。

③章台，借指妓院。

④丹衷，赤诚之心。

⑤白业，佛教语，谓善业。

珠江名花小传

【清】支机生　撰

绣琴

绣琴，亦字柳燕，年十七，失身于人，故流落风尘，无所归著。余尝赠以诗云："瘦损腰支力不胜，多愁多恨有谁明。悔教攀折他人手，狼藉东风太薄情。不从白屋借乌衣，却向迷楼逐队飞。彩线何堪重系足，画梁空忆语依稀。杨子江头作絮飞，天涯何处觅依依。旗亭瞥见浑如梦，和雨和烟是也非。画帘无复媚春声，真个无情胜有情。前事莫教重说起，红襟珠泪落盈盈。"名流和者数十辈。玉珊生制《珠江纪事》序，余又为记，以传其事云。

予曩饮沈媪家，有三姑出侑酒，询知为良家女，失身于人，流落几无所归。因口占一绝赠之，云："谁将嘉树小庭栽，春事阑珊只绿苔。太息桃花真薄命，雨中零落雨中开。"是可与绣琴同慨矣。

文采

文采，自言良家女，因贫不能给，遂流落风尘者。貌盈以庄，肌肤朗润，有杨玉环之肥。然性简默，粗识字，对客无诙谐语，惟借扇头书，约略读之。此亦可以想其风致矣。余与姬定情之后，其诸姊妹，黄鹂惜别，红豆相思，乞书函者，履舄相错。余亦不惮烦，劈笺搦管①，不觉更残烛跋矣。芙蓉帐里，实虚度春宵耳。迨②素秋过访，询知其迁徙梧江，东风人面，未尝不有崔护当年之感云。

芳草街良家女王翠凤，小字大姑，年及笄，貌亦丰盈以庄，柔若无骨，双钩绝纤小。性简默，客至，但回眸一笑，欠身凝睐而已。日坐绿窗下，工刺绣。房栊精洁，壁间悬《美人新浴图》一幅。予戏题《巫山一段云》词曰："衍莲生步，轻盈柳作腰。酥胸半褪裹冰绡，一捻紫葡萄。密意回眸软，柔情结想遥。杨妃出浴者般娇，泚笔[3]也魂消。

后为某明府之弟，以百金娶去。"侯门一入深如海，从此萧郎是路人"矣。今读《文采小传》，其风致殆相伯仲欤。

大奀

大奀，水榭未笋者，质洁而妍。人每以明珠仙露比之，又称为花魁，声价殊重。大奀恒以置身卑辱为恨，每语人曰："侬辈增一分声价，便多一分贱态。人以为可喜，侬辈以为悲也。"性高尚，不与侪俗伍，逢迎献媚耻不为。遇风流名士，则肆其诙谐，而不及亵。有贵介致五百金，求半月欢，母[4]利之，大奀不可，强之，遂绝粒[5]。

亚柳

亚柳，居珠江画舫，年十五，善歌。余于颜四席上识之。席间歌《可怜侬》曲，声甚凄惋，而音节清越异常，娓娓动听。貌极韶秀，爱淡妆，余比之梅花，谓其所以美者，正在铅华洗尽处也。

予访王笠舫于小东别墅，尝见秀英校书，淡扫蛾眉，举止闲雅，询知为杨州人。每晤谈，颇蒙错爱。一夕酒后，戏填《双调·望江南》词，调之云："新月上，携手诉衷情。休道此时才觏面，却从前岁更留心，宁耐到如今。人静后，万籁悄无声。花底私盟曾刻骨，日间戏语已销魂，何况是黄昏。"

然多愁，且善病。后因疾小愈，私居小南，屡托人寄声邀予，因事冗未往。戏代谱《钗头凤》词一阕，为秀英解嘲云："衾儿共，恩儿重，春来曾住桃源洞。欢情诈，柔情化，青春将去，碧桃先嫁，罢、罢、罢。身如梦，肠如痛，而今空忆钗头凤。盟中话，书中帕，鸳盟无涯，鲤鱼多假，骂、骂、骂。"

今读《亚柳小传》，知风尘中，未尝无清品耳。

凤彩

　　凤彩，年十五，善歌，清婉动听。少失怙⑥，母贫不能养。女仅周岁，假母收育之。外美内慧，举止安详，负知人识。遇风雅士，日与谈谑，则乐而忘倦，儇薄贵介，千金挑之，弗为动也。所居卑陋，往来鲜知名人，故名甚晦。

　　凤立志不凡，不甘苟且，然为假母所拘，恒怏怏不得志，怨恨形于眉睫。有里胥⑦子持百金，求凤破瓜，又赠百金为装饰费。利而许之，不谋诸凤。凤既知，愤不欲生，投缳赴河者再，皆遇救免。假母婉谕再三，凤跪泣而前曰："儿前身不知作何冤孽，致使身辱风尘。儿之守身如玉，岂冀他日金屋贮耶？但愿得一有终始者事之。愿母许儿自择。今而后，请月以三十金奉母，儿之出入弗阻也。"假母无奈，诺之，凤遂移居别榭，宾客往来，渐增声价，而凤彩之名，至是始著。

　　凤虽应酬甚盛，而分外之遗，毫不苟取，故箧无藏资。诸客中无合意者，惟与梦花生相得最深，余逊之。凤凡侍客酒，烛跋⑧即佯醉辞退，尝恐人有微辞。而余与梦花生至，则不然。

剪烛谈心，鸡鸣犹促之不去。临别必依依不舍，订约再三。

初，生识凤时，犹依假母居，一见两相爱悦。既久，情益洽。尝为所居卑陋，有玷玉人。会里胥子事，遂朔徙⑨，实生有以教之也。凤固久属意生，羞于启齿，乃歌《红颜薄命》曲见志，音节凄怆，闻者无不堕泪。又倩余婉商诸生，而生以庭训严，且力不逮，卒不果。生赠凤诗甚多，余尝见其书团扇诗云："十三学得琵琶成，早日青楼博盛名。好是酒香人语细，炉烟暗递浩歌声。愁频不解解风波，禁得消魂白苎歌。如此琵琶如此曲，谁言司马泪偏多。美人渺渺隔江湄，裁字惭无幼妇词。扇影人情圆一样，莫抛红豆惹相思。且将团扇暂徘徊，尝恐秋风暗里催。桃叶但歌迎接句，不辞风雨渡江来。"

吾友王乾应，尝称校书麦大安，喜风雅士，善谈谑。遇有人才，终日娓娓无倦容，不尚豪华。未几，予访之，一见如生平欢。因慕王笠舫名，以团扇属予索书，亦可谓爱才如命矣。工于酬应，人争慕之，送迎无虚日，恒致病。一夕往视，伏枕妆楼，强起坐，与语辄泪下，盖忧从中来也。因谱《师师令》词赠之云："翠眉双锁，又泪珠交堕。此时心事有谁知，低首向妆台斜坐。甚闲愁，难帖妥，到这般慵惰？可怜弱体娇无那，又

似风吹花朵。了无情绪，病恹恹，怎得个相思医可。燕子楼头
人独卧，坐闷怀如我。"今读《凤彩小传》，益令我如不胜情。

【注释】

①搁管，执笔为文。

②迨，趁着。

③泚笔，以笔蘸墨，这里指光凭文字也足以销魂。

④母，老鸨。

⑤绝粒，绝食。

⑥失怙，丧父。

⑦里胥，古代管理乡里事务的公差。

⑧烛跋，烛将燃尽。

⑨徙，搬家。

新娇

新娇，年十九，姿容秀润，有胆识，且智慧过人，今为黎
生秀良姬。初，生弃儒事计，然策于珠江，识新娇。一日，生
偕客饮于新娇所，适生同夥负债事，质邑令，语连生，故隶至
拘生。生欲避去，使贿隶托病。新娇不可，曰："是即所以弄假

成真也，盖往一白是非，自有公判。"生欲归告母妻，然后赴谳，新娇曰："垂暮风烛，岂可骇彼听闻。况此事不过株连公门需索①，妾当为君备办。"生感谢首肯。隶欲执生，新娇急呵之曰："是乌可施之清白人耶？"力争始免。乃以十金付隶，属曰："微薄之资，敢烦照拂。他日案白，当相报也。"隶怜其诚，竭力代为周旋。然以事实关涉，羁候不能骤归。

新娇固一时翘楚，颇有蓄积。闻信，托心腹，早晚馈送食物，时亲往探视。又多方为之关说，始以亲到候质，不行逃避，其无情弊可知，故事遂得白，而生家人俱未之知。新娇由是心力俱瘁矣。同伴姬母训新娇曰："往者贵介相爱，子亦泛泛置之。胡黎郎则如是之关切也？"新娇曰："黎郎岂他人比哉？人之贵得一知己，没世无恨者，亦以患难相扶持耳。使漠然坐视，又何贵乎？予非诎也，此所以报知己云尔。"生出狱，感其恩谊，遂以千金去其籍，偕之僦居②别院焉。

予向识亚银于珠江秀来寮，姿态极秀，有侠气，喜为人排难解纷。继自绥江归，访之，闻已从良去，因以谱《探春令》第二体词寄之，云："满园春色被关牢，比蓬莱还杳。却羡他蜂蝶偏能到，又飞过墙儿了。探春心事谁知晓，添许多烦恼。忙忙耽误，春风一度，转眼韶光老。"今读《新娇小传》，殊令人艳羡黎生不置云。

瑞莲

瑞莲，自少即知名，肌丰骨瘦，浓纤得中，动静中自具一种妩媚态。不事铅华而轻匀淡扫，每顾影自怜。迩来[③]门前冷落，车马恒稀，即姬亦以憔悴羞郎，千呼万唤，始一出见。然珊珊来迟，欲前仍却，其风韵犹存也。梦花生尝寄《青衫湿》词一阕以赠，云："老大嫁作商人妇，那不忆当年，舞衣歌扇，金尊檀板，迷也真仙。红颜老了，琵琶犹抱，凄切丝弦。知音谁是？江州司马，同病相怜。"余谓乐天《琵琶行》一篇，因浔阳商妇而作，不意沦落之感，后人犹为慨然也。

予自庚午冬来粤，路出韶关，遇山东阿宝于舟次。抵羊城，未几，知其入小东营，全福花林矣。友人拉予过访，妩媚之态，艳绝一时。车马填门，名已大噪。因书"曾经沧海难为水，除却巫山不是云"楹帖赠之。转瞬十年，岁庚辰，重晤于山湖街。矮屋数椽，门前冷落，抚今追昔，颇有沦落之叹。然徐娘虽老，风韵犹存也。复赠以诗,云:"屈指投荒路共遥,萍逢一水渡南韶。十年岭海同沦落,五夜灯窗话寂寥。红袖青衫多少泪,朝云暮雨去来潮。乡关吴越兼齐鲁,何日归程荡画桡?"今读《瑞莲传》,益不胜感慨系之耳。

细妹

细妹,一字绅妹。面如满月,光丽照人。双娥青以长,貌类男子,使易以裙屐,则俨然美少年也。善歌,工琵琶,当酒阑灯炧,香喉一啭,响遏行云,闻者心为之醉。余尝谓水榭中十八女郎,歌"杨柳岸,晓风残月"不乏其人,未有能出姬之右者。

向予馆南雄州署,友人汪心如、吴容斋招饮张二妹家。时歌姬小妹侑酒,窄襟短袖,初见讶为美少年。尝调寄《圣无忧》词题壁,云:"领表长为客,凌江两度来过。寒灯孤馆愁无奈,一个病维摩。世事逢场作戏,人生对酒当歌。此时笑口得开麽,遮莫叹嗟跎。"

复填《凤衔杯》词以赠,云:"莫惜年华频频换,趁今日三春将半。看蝶板莺簧，一般陪衬笙歌院，觉圆脆，如珠串。月常明，花堪玩，几曾闲园林池馆。况翠袖红裙，强将杯斝亲相劝，免不得芳心乱。"

后至羊城，访丹桂校书，一尊叙旧。丹桂命其妹翠娇陪侍，憨痴娇小，亦如十五六郎。予又谱《惜奴娇》词戏之，云："倦眼星斜，午梦谁唤起？迟迟日、初过窗绮，小揭罗帏，又软向郎怀依倚。呼婢帘儿外，防人偷视，欲坐娇无力。懒把残妆理，含笑语、似嗔还喜。为道宵来谁知你，突然如此休矣。依尚是簸钱年纪。"今读《细妹小传》，想风趣大略相似也。

阿凤

阿凤，约年十八九，便娟妩媚，亦一时翘楚也。性骄悍，见客每睥睨，不甚为礼。而富豪庸俗子，恒乐就之，常掷千金为缠头费，凡所需索，无不竭力以致，故蓄积为诸姬甲。所居绣幌绮窗，几桌皆香檀木，雕制精巧。案列古铜鼎、云母屏、汝窑盘、霁红瓶诸物，物值数百金。卧榻遍饰金犀，光彩耀目，挂流苏帐，榻下以红毡毹贴地。妆奁诸色，其精致莫可名状。

金猊宝篆，日夜不辍。壁上自鸣钟，两三对列，午夜微曛，但觉丁东错杂之声，与鱼更隐隐相应。身际其间者，虽司空见惯，亦不能不目眩心迷也。至其服饰之美，尤极奢侈。夏暑纳凉，挽鬟鬌妆，插翡翠，押髻簪，羊脂玉如意钗，衣紫縠衫，谓为家常淡素妆云，其态度概可见矣。惜乎品格入于流俗，风雅士多不乐与交。余尝在水榭中见之，其骄傲之气，形于眉睫，实有不堪亲近者。然不解其能得富豪意，或曰："是殆有房术者欤？"

扬帮小福，短小精悍，性亦骄纵，睥睨一切。友人汪晴轩，初甚昵之，不惜缠头之费，后以其心太傲而爱少衰。予尝填《巫山一段云》词调之，云："脉脉珠江水，扁舟趁暮潮。金尊檀板可怜宵，到处屋藏娇。最是轻盈态，身如弱柳条。爱他一捻小蛮腰，可有福来消。"然以阿凤较之，又甘拜下风矣。

婕卿

陈婕卿，字小好，居羊城。少失所天[4]，归依母家，家綦贫。母劝令博缠头赀，以供晨夕，婕卿不从。久之，益不支，乃稍稍出款客，窃欲藉此为择木计也。未几，盈门车马，声价重一时。

　　余初识于大塘别墅，一见即恋恋不舍，倾吐衷曲。越日招余于近圣居，其母家在焉。由是晨夕过从，两情益密。月余，母携之他徙，音问遂绝。他日遇之，相叙数旬，后复暌隔。岁己卯，秋闱报罢，觝觚诗成。婕卿使人招余，余报以金篦⑤。数日复贻笺简，余辞不获，乃得聚晤于仁厚里。

　　婕卿风姿绰约，意态闲雅，淡若秋菊，和拟春兰。知书，能为四六言。然性磊落，不以才华自擅。偶尔拈毫，非相知有素者，不轻持赠也。已卯秋，贻书于余云：

　　侍儿阿婕，奉书仙查先生史席。窃婕风尘薄质，蒲柳微姿。黄蘗⑥生春，早知心苦，红蕖⑦出水，深悼泥污。虽飘弱絮于江头，犹抱寒馨于篱下。频年炉边卖酒，敢妄希司马之琴？镇日花里闭门，从不唱秋娘之曲。居恒落落，性本闲闲。酷慕清流，幸祛俗习。每留花而不发，欲解珮以谁投？自怜小草，辄凄怀于萎露凝霜；愿接春风，获快意于攀云睹日。

　　先生襟怀磊落，睥睨人寰。舞席歌筵，亦有刻翠剪红之赋；酒阑灯灺⑧，莫当妃青俪白之心。乃前岁梅花放后，风雅人来，瀹⑨雪款茶，驱寒煮酒。十年并无心许，一旦忽与目成。其后妾移洛阳之居，君访南唐之屋。何意重逢阿软，依然前度刘郎。

侍儿自问何人，仰邀特识。扪心惭耐，矢报涓埃。故自奉起居，阅月以来，不减萧奴爱主。倘得侍铅椠⑩三年之久，应无惭郑婢知诗。不谓把袂言离，竟成阔别。云山咫尺，一日三秋。今岁重阳，忽贻简翰，永珍雅箑，贶以新诗。

【注释】

① 需索，勒索。

② 僦居，租房子。

③ 迩来，近来。

④ 所天，丈夫。

⑤ 箑，扇子。

⑥ 黄蘗，黄柏，落叶乔木。

⑦ 红蕖，红荷花。

⑧ 灯炧，残烛。

⑨ 瀹，煮。

⑩ 铅椠，校勘，写作。

敬悉芸馆①下帷②，矢不窥园者一载；棘围③铩羽，未克捲翮于九秋。偃蹇④遭逢，古今同恨。然风云际会，自有其时。人世功名，岂容勉强？但冀随时珍惜，勿过搔忧。转瞬飞黄，继之

【清】陈枚　董小宛像

衣紫，彤廷簪笔⑤，琐院司衡。以先生史笔传家，经纶有素，如此气格，如此才华，岂非可操券得之耶？况兹际蟹肥菊瘦，线雨丝烟，正撩人愁思之天，转动我别离之感。聊备小酌，乞枉高轩，畅叙幽情，稍申菲意。如蒙许可，自当扫径而迎。幸勿来迟，业已伫⑥门以俟。端函布达，顺请吟安，伏惟青睐，不宣。侍儿阿婕敛衽再拜。"

红颜薄命，自古皆然，况又多才，定招造物之忌。何独卿为然耶？阅此可胜同慨。

阿富

阿富，年及笄，性柔婉，毫无妖冶态，双钩亦纤小。言谈端谨，举止矜庄，水榭中并无此等品格。使置闺阁，断不凝为青楼人物也。余悦其蕴藉可人，故常过谈。今不知所之。意必是大家婢女，惜每询出处，而彼缄口不肯言，至今犹不能无耿耿耳。

往予过珍珠家，见玉芝。年二十许，貌白，质微麻。举止端庄，颇有大家风范。因书楹帖赠之云："温柔真个人如玉，馥郁多因室有芝。"其情态可想也。后从良去，此亦青楼中罕有伦比者。今读《阿富小传》，殆其流亚欤。

李顺娘

李顺娘者，小字顺心，广州人也。少孤贫，母老弟幼，无以存活，鬻为妓。性明慧，貌端好，兼善体人情。然颇自矜重，过客稍忤其意，恒引疾避去，故罔得当路欢。抑郁居数年，屡思脱身，终不果，遂成瘵疾。

一日，友人拉予过访，相接数语，情甚洽，因告予以有疾故。已而各叙沦落之况，益依依弗能舍。数月后，予偶经其门，入视之，见其弱不胜衣，捧心而颦。闻予声，即力疾下榻，遂执予手曰："君竟不来耶？妾病恐不起。今已僦屋于某处养疴，旬日内即拟迁焉。妾所阅人，殆无如君者。幸新居殊幽静，君暇时肯顾妾，虽死无憾。"言已，泣下。予怅惘久之，珍重而别。

阅旬余，予访其居未获。又数日，始询知其处。甫入室，而顺娘之灵床，已设于庭矣。邻妪问予姓氏，乃阴涕曰："顺娘垂危时，无他眷恋，惟念君不绝口。谓与君虽无一夕缘，情独有深焉者，而今已矣。魂如有知，当为君觅一有情人，代续未了缘耳。"予闻之，不禁抚棺大恸曰："是予之知己也夫！是予之知己也夫！"顺娘殁时，年才二十许。予感其情，悲其遇，耿耿于怀，而为之传。

　　缪子⑦曰："昔阮步兵⑧闻邻女死，初未尝识面也，乃登门哭之哀，观者群目为狂。今予与顺娘一见如故，生死不二，其交情有出于寻常万万者。能不痛哉？"

【注释】

　　①芸馆，书斋。

　　②下帷，闭门苦读。

　　③棘围，科举考场。

　　④偃蹇，困顿，窘迫。

　　⑤彤廷簪笔，当官入仕。

　　⑥伫，长久的站立。

　　⑦缪子，支机生。

　　⑧阮步兵，阮籍。

三吴游览志

【清】余怀　撰

序

余子博览载籍，耽情山水，游屐半东南。随见辄纪，日无虚策。顷来吴下，探胜选幽，山巅水涯，烟墨葱蔚。偶刻《三吴游览》一书，余伏而读之，曰：嗟乎！异哉！古今一时一事、一草一木，遇其人则传，不遇其人，则湮灭无闻者多矣。然其间哀乐之趣不同，要以性情触之，发为歌啸，著为文章，各自孤行一意。而兴会机境，因之以传，如阮步兵[①]途穷之哭，谢康乐②凿山之游，谢太傅③泛海之舟，韩吏部④华山之恸，皆是也。

今余子汗漫寥萧，玄情绝照，虽陶写于丝竹⑤，总无损其神明。推己外求，可以累心处都尽。昔务观⑥《蜀记》有事而无诗，致能⑦《吴船》详今而略古，而余子兼之，尺幅中居然有万里之势。抑何必抚琴动操，而后众山皆响也哉！

娄东吴伟业骏公⑧撰

【注释】

①阮步兵，阮籍，竹林七贤之一，官步兵校尉。

②谢康乐，谢灵运，晋车骑将军谢玄孙，袭封康乐公。

③谢太傅，谢安。

④韩吏部，韩愈，字退之，贞元八年进士，官至吏部侍郎。

⑤丝竹，喻用文章排遣哀伤。

⑥务观，陆游，字务观，宋孝宗时赐进士出身。

⑦致能，范成大，字致能，绍兴二十四年进士，累官参知政事。

⑧骏公，吴伟业，字骏公，号梅村，明崇祯四年进士，与钱谦益、龚鼎孳并称"江左三大家"，著有《圆圆曲》。

三吴游览志

家居不乐，驾言①出游，为彼饥驱，图斯济胜。凡江山花鸟、洞壑烟云、画舫朱楼、绮琴锦瑟、美人名士、丽客高僧，以及荒榭遗台、残碑寒驿，触目所经，随手辄记。披襟领契，若置其身于空青缥碧之间，而不复知行路之艰难与羁旅之憔悴矣。

昔庐陵②《于役》，东莱③《卧游》，并以兴情，著诸编简。峥嵘萧瑟，慨独在余！匪云抽今古之思，实亦历寒暑之变。如天之雨，雨大雨小，自具方圆；似鸟之鸣，鸣夏鸣春，各谐音律。斯游览之所由志，而日历之所以详也欤。

四月初一。晴。策蹇出通济门，抵句容县，信宿④水部钟无奇宅。

初二。晴。野田黄雀，细路逶迤。薄暮，入丹阳城，晤方坦庵⑤太史于莲堂庵。甘茗代醙⑥，清谈如乐。时余凤疾未瘳，抵掌论诗，忽不知沉疴之去于体也。作二诗赠之：

片帆如叶到孤城，过眼烟霞次第平。

静对佛灯闲太史，浪呼云气老狂生。

天涯流水俱为客，古道斜阳各有情。

来往祇今春又夏，穷愁犹是旧虞卿。

青青河畔草如烟，夜雨频吹估客船。

病里每吟《枯树赋》，到来先读《帝京篇》。

一庵香绕莲华幕，十里莺啼麦秀天[7]。

对语寒山无片石，还将消息问龙眠[8]。

是夜，买扁舟，同陈清持、李俊卿宿河下。

【注释】

①驾言，乘车。

②庐陵，代指欧阳修，字永叔，庐陵人。

③东莱，吕祖谦，孝宗隆兴元年进士，与朱熹、张栻并称东南三贤。

④信宿，《左传·庄公三年》："凡师，一宿为舍，再宿为信，过信为次。"

⑤方坦庵，方拱乾，字肃之，号坦庵。崇祯元年进士，顺治九年，荐授翰林学士。

⑥甘茗代醪，以茶代酒。

⑦麦秀天，四月天。

⑧龙眠，指方拱乾。

初三。晴。舟抵奔牛[1]。《镇记》称，梁武[2]掘蒋山[3]，得一僧于土中，趺坐[4]不动。以问释宝志[5]。志云："此僧方入定耳。以磬击之，则自出。"武乃以磬击于耳旁，僧惊奔。武使人追之，至此化为牛。

初四。微雨东风。自奔牛至无锡。望惠山在烟雾杳霭间，似米南宫[6]用湿笔作滃郁山水，空濛有无，云气与天相接，不复辨草树、峰峦、岭岫也。蹑屐泉水旁，手挹漱齿，荡涤心脾。嗟乎！泉之香清莹洁如此，而屈居第二[7]，正不知金山中冷办何味？古人品藻，岂足据乎！汲[8]数十甓[9]入舟。薄暮，见返照如赤玉盘，云霞捧之入海，真奇观也。作《海天落照歌》：

空青万里无纤云，明霞掩映红氤氲。

朗如赤玉拥球贝，飘若宝马行空群。

须臾仙盘堕远海，余光散作天孙文。

酒酣发狂望紫气，令人却忆李将军。

初五。晴。舟过虎丘，徘徊山门外，拟买一庵作六月息[10]，饱餐枇杷、杨梅，此时未免作道逢曲车[11]想也。是日闻黄鹂声，啖樱桃、甘蔗，买新荠茶。晚见初月，作《虎丘新绿歌》：

郁然一丘高嵯峨，钟磬塔庙依藤萝。

踯躅寺门望终古，布帆风饱无停波。

栖崖湿云画欲滴，鹤飞涧冷经年碧。

迢递楼台绿映红，新莺寂寂鸣朝夕。

老我孤舟春水生，榜人刺促催我行。

山灵笑我俗如此，我爱山灵长有情。

婆娑茂树犹在眼，孟夏滔滔送余善。

千人石上旧笙歌，老子于兹兴不浅。

【注释】

① 奔牛，镇名，今江苏武进县西。

② 梁武，梁武帝萧衍，侯景之乱时被俘困饿而死。

③ 蒋山，今钟山，三国孙吴时称蒋山。

《雪溪放艇图》 钟钦礼

立轴 绢本 墨笔 纵179.8cm 横103.2cm

现藏于北京故宫博物院

④趺坐，盘腿打坐。

⑤释宝志，南朝名僧，梁武帝尤深敬之。

⑥米南宫，米芾，字元章，善画山水，自成一家。

⑦屈居第二，陆羽品天下水味，此其第二，名天下第二泉。

⑧汲，从井里打水。

⑨甓，砖。

⑩六月息，语出《庄子·逍遥游》："鹏之徙于南冥也，水击三千里，抟扶摇而上者九万里，去以六月息者也。"

⑪曲车，装酒的车。

初六。早，大雨打篷窗，恻恻有声。予梦乍醒，橹声咿哑，已至阊门矣。微曛射帆。观弇州①《艺苑卮言》，叹其博而不精，与升庵②同病，乃指瑕摘谬，无幽不阐，人苦不自知耳。至于论诗，搏击先辈无完肤，而独推一济南李生③，阿私所好如此！

济南文规摹秦汉，字追句随，毋论已；乃其诗中"青云紫气""中原战伐""邢州大漠""白发黄金""秋风夜月""雨雪江山""登楼吹笛""碧草黄河""桃花燕子""长剑孤舟""风尘愁病"等语，层见迭出，用此则成章，离此则无什。而弇州至谓于鳞如大商舶，明珠异宝，贵堪敌国，下者亦是木难火齐④。噫嘻！

此岂定论乎！信阳⑤、北地⑥，各肆讥抨⑦；历下⑧、琅琊⑨，互相标榜：皆非中道也。

　　初七。小雨。移舟三板桥，招王公沂相见。忆去年暮春，公沂与吴中诸君邀余清泛，挟丽人，坐观音殿前，奏伎丝肉杂陈，宫徵竞作，或吹洞箫、度雅曲，或挝渔阳鼓，唱"大江东"⑩。观者如堵墙。人生行乐耳，此不足以自豪耶！

【注释】

①弇州，王世贞，字元美。嘉靖二十六年进士，官至南京刑部尚书，工诗文。

②升庵，杨慎，号升庵。正德六年进士第一，授修撰，广学博览，著述宏富。

③李生，李攀龙，字于鳞，嘉靖二十三年进士，累官河南按察使。诗文主复古。

④木难火齐，珠宝的名字。

⑤信阳，何景明，字仲默。弘治十五年进土，授中书舍人，官至陕西提学副使。

⑥北地，李梦阳，字天赐。弘治六年进士，授户部主事。官至江西提学副使。

⑦各肆讥抨，指李、何成名后互相诋毁。

⑧历下，李攀龙。

⑨琅琊，谢榛。

⑩"大江东"，指苏轼《念奴娇·赤壁怀古》。

初八。大风雨。与公沂坐舟中，洗芥自烹，香生一座。作《采茶记》①：

罗芥属湖州长兴县，东西二百余里，其名七十有二。由宜兴四安而进，以坟头为第一；自太湖合溪滩而进，以庙后为第一。而峒山所产则最多；更有高峒山，直踞其巅，名纱帽顶，种出群芥之上；其旁为涨沙、东圩。以受日阴阳，分茶品高下。故峒山胜涨沙，涨沙胜东圩云。峒有石门，深险幽窈，水声澡然②，乍大乍细，人不敢入，惟白蝙蝠栖焉。烛之以火，则数千翔飞。相传为仙人往来，错若绮绣，望若层霄矣。立夏后十日开园，男女皆持筐沿采，旋采旋归，以便甑③蒸。

蒸法：用涧水，将草子贮甑中，不移时，取出，倾竹荔上揉之。其水频蒸顿易，恐久则水色绿，而芳香不发矣。

揉法：三人阵立，人守一瓮，加竹荔于其上，以手轻揉，汁滴瓮中。俟叶绉软，方可上焙。

焙法：以土制炉，大可五、六尺，高可二、三尺，下攒炽炭，上横竹筱数层，次第受茶。后来者居下，火气透于上，而氤氲如非烟、如卿云，则茶功成矣。其最佳妙者为片茶。临采时取第二层、三层用之，老则褪香，嫩则减味；将叶削其蒂而抽其茎，生揉上焙，用水湛漉④，不加蒸煮，色微黑而馨猛异常也。

宝意曰：古嗜茶称卢⑤、陆⑥辈，然多用饼丸，未见所谓叶茶者。即数十年以前，清卿韵士，水厄汤淫，亦止盛集于松萝大池，未见今所谓岕茶者。有之，自近代一僧始；而其精神品位，遂前无古，后无今矣。倘使卢、陆诸公见之，其癖嗜笃赏何如哉！

初九。早雨。家大人寿，遥献一觞。

初十。晴。摇棹⑦至半塘。过姜如须⑧旧宅，作诗寄之：

隔岁相思吴县客，春风犹恋百花洲。

一莺啼送山中雨，双桨空摇塘上楼。

老去诗篇悲更壮，半生踪迹病兼愁。

停云若为传消息，爱尔真轻万户侯。

秃鬓单衫只苦吟，天涯芳草故人心。

万方多难惟高枕，千里重游未入林。

别后酒杯谁共把，寄来书札漫相寻。

孤舟只待枇杷熟，梦到青山泪满襟。

晚大月。与公沂对酌船头。五更，骤雨如注。蓬窗瑟瑟然天风海涛矣。

【注释】

①《采茶记》，康熙十七年曾刊行世间，道光年间疑《采茶记》即为《广陵散》，后《三吴游览志》出，遂证其果有。

②水声潊然，水流湍急。

③甑，古时蒸饭的一种瓦器，陶制。

④湛漉，过滤。

⑤卢，卢仝，号玉川子，不求仕进，一生爱茶成癖，甘露之变，被杀。

⑥陆，陆羽，人称茶圣。

⑦摇桌，划船。

⑧姜如须，姜垓，入清后，与兄姜埰隐居吴门。

十一。晴。复至半塘。见舟中多丽人，急放中流①，依稀登岸，回绕千人石②簇，至平远堂。归舟，采群花入胆瓶，鲜馨染几案间。

十二。晴。暖甚，遂可御单衫。公沂携襥、琴同发。午，抵昆山。见舟中一女郎，鬓发如绿云，美姿容，衣罗纻③，弄手腕荡桨，翩若惊鸿。杳不知其所之，可恨亦可怜也。作《昆山女郎荡桨歌》：

长河浪泻三千尺，笛吹一片山城碧。

击汰扬舲④江海心，疏灯暮雨流离客。

飘飘仙舟自东来，有美一人罗裳开。

从风跳脱攘皓腕，华袿⑤纤縠⑥如飞埃。

嫣然笑向桥西去，杜鹃欲留留不住。

须臾随波凌青冥，桥边空种双槐树。

树上啼乌销我魂，几家流水绕孤村。

停桡夜写《洛神赋》，何处春风无泪痕。

春山絆侶两三人
携酒寻花
石厳頗好
美泉清
池上数
鴎堪堂
静无塵
唐寅

《春山伴侣图》 唐寅

立轴 纸本 水墨

现藏上海博物馆藏

纵82cm 横44cm

十三。雨。至绿葭浜，停舟赵仲衡门外。仲衡，昆人。教授村塾，兼善医，足不入城市。去年经过此地，闻苇帘内读书声，披帷访之，布袍草屦，古风蔚然。携樽柳下，出茶笋相供，见其二子焉。今复来此，岸亭如故；叩门呼仲衡，趋出握手，过余舟剪烛西窗⑦，恍焉若梦。

十四。雨，大风。暮抵华亭，借寓徐武静⑧西斋，晤陈开一、沈秀储及武静两郎。晚，饮慈寿堂。

【注释】

①急放中流，驾舟急追。

②千人石，《吴地记》载："剑池旁有石，可坐千人，号千人石。"

③罗纻，一种苎麻布料。

④扬舲，有窗户的小船。

⑤华袪，衣袖。

⑥纤縠，有褶皱的纱。

⑦剪烛西窗，典出李商隐《夜雨寄北》诗："君问归期未有期，巴山夜雨涨秋池。何当共剪西窗竹，却话巴山夜雨时。"

⑧徐武静，徐致远，字武静。有文才，重气节，是余澹心的密友。

十五。晴。过章少章①，偕往陆墓，访陆子玄②。子玄云："去岁此时，君乘画舫，挟意珠，招我于小桥古树之下。今倏忽经年，可胜日月如流之感。"午，赴司李③陈天乙之招，复饮于李素心④、王伊人⑤、徐丽冲⑥，观女郎楚云⑦演《拜月亭》⑧。是时，云为一伧父⑨所阨⑩，蛾眉敛愁，低首含泪。讯之，云是郡守客逞势狼戾⑪，非人所堪。观其态、色，真东坡所谓"石榴半吐红巾蹙"也。

【注释】

①章少章，章闇，字少章。澹心知交。

②陆子玄，陆庆曾，字子玄，明礼部尚书陆树声孙。澹心密友。

③司李，司理。

④李素心，李憼，字素心。顺治九年进士，授吏部主事，余怀旧交。

⑤王伊人，王广心，字伊人，顺治六年进士，历官御史。

⑥徐丽冲，徐允贞，字丽冲。

⑦楚云，陆姓，字庆娘，云间名妓。后移居苏州。

⑧《拜月亭》，关汉卿名剧。

⑨伧父，粗鄙之人。

⑩阨，阻困。

⑪狼戾，凶狠暴戾。

十六。晴。访楚云。其母浣月，故善歌舞。窗壁洁清，几榻香静，正引人著胜地也。晚，饮李恕存斋。

十七。晴。赴友鸿①霭堂之宴。堂三间，前窗后楹，杂种梧竹。峭石森立，若鹤峙，若鸾停。砌周野花，殷红凝碧，芳馨耀艳，气隐纁霞。左周回廊数百步。廊穷，忽接一门，为来鹤楼。楼下河流如带，水从复道滔滔而泻入于池。池上复以小阁，阁屏墨竹数版，真不减箕筜谷也。折而右，为斋舫。舫前旧有石桥，今易为亭矣。是日，诸君次第集，而楚云泛一叶，穿复道，出万绿之丛，以至亭下。于焉举酒，晶盘海错，杂然前陈。丽瞩洁冥，至斯已极。余谓友鸿事事不让古人，即偶然诗酒间，直使逸少②、季伦③恨不见我，兰亭、金谷邈若河山矣。再用少陵《重游何氏山林》韵，四首：

作客经年事，开君千里书。

孤舟冲旧雨，双屐到新庐。

老树犹来鹤，残花欲送鱼。

蓬蒿今满径，莫认子云④居。

流水桥何在？轻阴阁未移。

海风吹燕子，江草唤莺儿。

天定留侯傅⑤，人游叔度⑥陂。

青尊招我醉，颠倒向疏篱。

萧瑟《江心赋》，伤怀正此时。

美人初中酒，客子又催诗。

雀瓦依桐叶，湘帘系柳丝。

南村非卜宅，来往竟相期。

到此应难去，流连夏日长。

酒坛喧鼓角，星海失欃枪⑦。

胜地疑金谷，才人过柏梁⑧。

陈蕃⑨应有榻，待我梦羲皇。

【注释】

　①友鸿，张一鹗，字友鸿，顺治十五年进士。官云南推官，抚恤除弊，滇人德之。

　②逸少，王羲之。

③季伦，石崇。

④子云，扬雄，字子云。少好学，王莽时，校书天禄阁。

⑤留侯，张良，字子房。辅佐刘邦，以功封留侯。

⑥叔度，黄宪，字叔度。

⑦欃枪，彗星。

⑧柏梁，西汉台名。

⑨陈蕃，字仲举。东汉人，官至太傅。

十八。晴。集素心斋，观李龙眠①《五百罗汉图》。树木器具，皆外国物，目所未睹。余因论此道之难，不独气韵神采，即人物亭台，须分朝代；花叶鸟兽，亦辨地形。今人一概杂施徒工匠染。汉武封禅，观者有僧；梁武游行，从官乘马：自古贻讥，今何足怪！

十九。晴。偕公沂入城，纵观书籍，买数部以归：《王弇州史料》《云栖法汇》《三国史》《玉茗堂集》《五雅》《四梦》《元白长庆集》《弇州别集》《杜诗》《金瓶梅》《水经注》。

二十。小雨竟夕。招沈嘉璧、陈开乙、沈秀储、徐南士集饮。

二十一。晴。宋尚木、王伊人、何筊寿及友鸿、素心置酒饬予，演《两世姻缘》，喧阗彻夜。

二十二。晴。子山②诸君见招，舣舟往集，作诗以赠：

隔岁相思老树边③，暮云寒笛到君前。

文章甘苦悲同调，身世浮沉各自怜。

五柳柴门长漉酒，一湖烟月总归船。

闲来莫把《离骚》读，山鬼纵横难问天。

曾写《秋风》赠王子④，更闻晨夕共徐生⑤。

我来寂寞一年事，君自踌躇万古情。

惟笑机云⑥遗鹤唳，相期琨逖⑦舞鸡鸣。

杜鹃飞去冬青在，六代花残恨未平。

【注释】

①李龙眠，李公麟，字伯时，熙宁三年进士，北宋时画家。

②子山，计南阳，字子山。明季诸生。工诗，为人任侠。

③隔岁相思老树边，去年来此，未见子山而归。

④王子，子山作《秋风篇》赠公沂。

⑤更闻晨夕共徐生，子山馆武静家两年。

⑥机云，陆机与陆云兄弟。

⑦琨逖，刘琨与祖逖。

二十三。晴。为友鸿作《野庐诗叙》：

诗有别肠，画登逸品。文印禅宗，古惟王右丞①，今则张子友鸿足以当之。然友鸿顾夷然弗屑也。友鸿神清志洁，浴芳媚幽，所得于天者费，所用于人者隐。于书无所不窥，下笔洞洞谡谡②，总括群辞，孤行一意，怀新标异，理至则均。天下初以是才友鸿，又终不敢以是才友鸿矣。尝至云间，入野庐，鹿柴黄泐③，历历在眼。读其所著诗词，以神仙中人为神仙中语，岂惟烟火之气尽除，即冰雪之姿、江山之色，亦将化为空青，归于要眇④。世徒以迹象求友鸿，是鸿雁已翔于寥廓⑤，而弋者犹视乎薮泽⑥也。悲夫！

二十四。晴。过唐薜雨园居。居处城东偏，前后曲河绕之。循其自然之势，而构亭斋。荜门柴槛，环以翠篁⑦。庭前对峙两梅，玉鳞铁干，耸蟄昂霄，约可数百年树也。短墙纯围薜萝⑧，葱茜烟阴，时时若雨。故主人自号曰"薜雨"云。篱边与女郎蕙如⑨门径通。暮霭晨吹，芳馨相接矣。

【注释】

①王右丞，王维，字摩诘。开元九年进士，累官至尚书右丞。唐代著名诗人、画家。

②谡谡，刚劲有力。

③鹿柴茱泲，《鹿柴》《茱茰泲》均为王维诗作。

④要眇，精深微妙。

⑤寥廓，高远空旷。

⑥薮泽，草野。

⑦翠篁，竹林。

⑧薜萝，薜荔和女萝，野生植物，常攀缘于山野林木或屋壁之上。

⑨蕙如，陈蕙如。

二十五。晴。访宋子建①，见楚鸿童子甫十岁，诗赋词曲，淹雅②葳蕤③。李百药④、员半千⑤恐无此奇也。是夕，移装入舟，系白龙潭双柳下。夜揽潭光，绵濛空写，柳枝拂水，激素飞清。洵情邈河渚，意寄汉阴矣。

二十六。晴。漾舟清光内。

二十七。晴。红潮时润，黄莺乍啼。制芰⑥春⑦菰⑧，濯襟⑨选梦。友鸿携馔具，文饶持酒枪，玄升择笙簧、载歌姬，随风

【明】文伯仁《金陵十八景》之白门

而至。酒行数巡，即席成句：

百尺澄潭写翠微，夕阳残吹几人归。

柳丝欲动波初静，麦秀生寒莺乍飞。

歌扇早停红烛暗，酒船频泛碧云稀。

不知桥外劳劳驿[10]，犹有西风送舞衣。

【注释】

①宋子建，宋存标，字子建，崇祯十五年中副榜，选翰林院孔目。入清不仕。

②淹雅，宽宏儒雅。

③蒇葳，词藻华丽。

④李百药，字重规。唐贞观间，官中书舍人，擢礼部侍郎。

⑤员半千，字荣期，本名余庆。官弘文馆直学士。

⑥芰，菱角。

⑦春，在容器中捣碎。

⑧菰，茭白。

⑨濯襟，洗衣服。

⑩劳劳驿，即劳劳亭，多指送别处。

二十八。晴。陆文蔚、陈彦达过舟集饮，因忆武静于秦淮。谢庄①云：“隔千里兮共明月。”殊足令人怀也。

停云一片护新凉，柳外疏林接暗芳。

此夜搔船依断港，何人吹笛坐匡床。

每因风月思良友，只以莼鲈作故乡。

痛饮狂歌空度日，销魂不是旧红妆。

二十九。晴。移舟广野，观石门文字禅，因叹觉公上乘人，而堕辞语障，再生为史弥远②亦宜。

五月初一。晴。赴董孟履之招，纵观宗伯公③书画。乃知：书之疏挺老润、整斜无径者，皆真；绵密软美、刻画有痕者，皆伪。画之旷远苍深、气韵天然者，皆真；瀜茂肤立、错极人工者，皆伪。噫！可与知者道，未易为人言也。

初二。晴。集张冷石④庋书处⑤。分韵得"莲"字：

潭水绕门静，人幽一磬烟。

书藏委宛室，诗纪义熙年⑥。

莼菜偏供客，菖蒲好系船。

凌波谁到此？片石欲生莲。

小阁生寒吹，江深五月天。

僧惟闲度日，客赖酒为年。

窗外不除草，池中长种莲。

干戈虽满眼，此会若登仙。

初三。大风雨。满船衣被皆湿。冷石以诗见酬，余再和送冷石。石答云："粪土易珠玑，阳翟贾⑦获百倍矣。"余复云："此直迦陵⑧鸟一鸣威音座前耳。"

闭户久学道，蒲团五尺烟。

风流余七住，津逮及千年。

台影留珠树，天香泛宝船。

兴衰曾静阅，偏护掌中莲。

帝阍⑨不可叫，豺虎欲登天。

旁览追前古，结交忘少年。

灰心惟白发，吐舌有青莲。

遗老真称老，顽仙未是仙。

初四。晴。冷石送泉水入舟。楚云欲归，赠句：

细雨长丝系钓船，一莺啼破夕阳天。

情知只是逢场戏，漫结巫山窈窕缘。

谁道情痴不是真？水滨曾遇弄珠人⑩。

英雄意气何时尽，惟有桃花一片春。

乍可相逢在别筵，玉钗初坠百花前。

回头似有销魂语，不敢逡巡鹦鹉边。

天然生就雪衣娘，眉黛何须阿母妆。

一枕梦痕流落后，教人翻恨楚襄王。

况是嵚奇历落余，逢君曾似读奇书。

人言苏小当年好，我道当年定不如。

白水鱼竿了半生，隔帘朝起唤卿卿。

江关萧瑟犹如此，莫问齐梁旧姓名。

【注释】

①谢庄，字希逸。七岁能属文，累官侍中、中书令，加金紫光禄大夫。

②史弥远，字同叔。其父史浩。淳熙十四年进士。累官右丞相，加太师，封魏国公、会稽郡王。

③宗伯公，董其昌，因官明礼部尚书，故称宗伯。董孟履当为其后人。

④张冷石，张昂之，字冷石。天启二年进士，授庐陵县令。崇祯初任兵部主事，保宁知府。

⑤庋书处，藏书的地方。

⑥义熙年，东晋德宗年号。

⑦阳翟贾，吕不韦。

⑧迦陵，"迦陵频伽"的略称，佛经云：菩萨降生之时，其声清彻柔软和雅，如迦陵频伽。

⑨帝阍，天门。

⑩弄珠人，《韩诗内传》：郑交甫游汉皋，遇二女，言曰："愿请子之佩。"二女与之。交甫纳怀中，行十步探之，即亡矣。回顾二女，亦亡矣。

初五。晴。南薰展爽，丽景垂炎，箫鼓沸天，楼船匝地。移舟卧龙桥边。焚一炉香，炊茶灶。几上置《楚辞》，且读且哭。观者皆目摄余曰："此狂生也！"已而，子山、恕存、臣恭至，彦达、嘉璧、南士至。悉解衣磅礴，凭栏倚席，以观龙舟之环绕。

有客乘小艇，高吟"是岁庚寅吊楚湘"诗，音节慷慨，波浪皆立。余曰："此必少章也。"呼之，果然。面色赪①，已半醉矣。公沂曰："此嘉会，安可无冷石耶！"子山往掖之，僧伽②葛衫，踽踽行长林下，一髡头③引其手登舟，接席快饮，酒行若流。独恨楚云为铜将军攘去，一水盈盈，脉脉不得语，殊难为怀。诸君淋漓颠仆，备极酗呼，倏忽之间，前后逃散，若兵败而避敌然。人静潭空，公沂亦醉而卧矣。余复秉烛和少章，诗云：

是岁庚寅吊楚湘，满船箫鼓泣高阳。

云旗出入斗山鬼，兰佩分明隔帝乡。

续命有丝人寂寂，问天无语路茫茫。

水深浪阔蛟龙恶，空使招魂一断肠。

忽闻柳外唤人甚急。亟呼公沂曰："异哉！此楚云之声也。"启户视之，雾鬟烟鬓，娇嘶若病。携之入舟，凭窗呕吐，酒气拂拂从衣袂中出。公沂大笑欲绝④，几如陆士龙之堕水。余抚摩其胸，口占一诗以嘲之。云：

月照篷窗杨柳烟，谁来叫破水中天。

美人沉醉乃如此，客子相看岂偶然。

唾尽珠玑随浪去，飞残蝴蝶衬花眠。

枕痕一线浑成泪，不敢声闻阿母边。

初六。晴。薛雨招至山居，观黄入林画马。车稜萧槭，何减曹将军⑤、赵承旨⑥耶！渡小桥，扣竹扉，蕙如幅巾纨扇，扶病以出。真可称南方有佳人矣。赠以诗：

偶来相访日，正值捧心时⑦。

柳叶惊风片，梨花带雨丝。

乐闲缘病瘦，消渴为情痴。

乍见浑如梦，那堪别后思。

我亦销魂者，逢君喜欲狂。

艳深霍小玉⑧，韵胜杜秋娘。

何事香痕湿，教人梦影长。

盈盈兼脉脉，悔却到西堂。

明·陈继儒 书法扇面

【注释】

①赪，红。

②僧伽，梵语，意指和尚。

③髼头，头发散乱。

④大笑欲绝，大笑不止。

⑤曹将军，曹霸，唐著名画家，天宝末，官至左武卫大将军。

⑥赵承旨，赵孟頫，宋朝宗室，入元后官至翰林学士承旨，荣禄大夫，封魏国公。

⑦正值捧心时，生病。

⑧霍小玉，唐朝美女。

　　初七。晴。澄澜镜碧，平楚苍然。微云在天，群莺叫树。舟子停桡，篷窗轩豁。有僧帽白练袍，鹤骨清癯，执经卷而哦者，张冷石也；有抽毫据研，纸落烟云，得意而疾书者，冯天垂①也；有眉如远山，肌若冰雪，倚栏而弄团扇者，女郎楚云也；有葛帔峨冠，驾小舸冲浪而来者，李素心也；楚云磨隃糜侍立，小童捧绢素，揎袖泼墨，磅礴而作《系舟图》者，张友鸿、顾震雉②也；有翩然翠黛，持洞箫而渡板桥者，歌姬陆浣月也；有临风缥缈，手柈《萼香辞》，与王公沂并肩而哦者，宋尚木也；有篮舆从茂林中转折以出，清神俊姿，照映左右者，王伊人也；有出船巍然，方袍幅巾者，陆文蔚也；携胡琴、阮咸从之以行者，戴文卿也。

　　日云暮矣，艳烛荧荧，山光潭影，遥泻杯斝③中。而文饶④、子玄二陆继至。群贤毕集，鼓枻中流，酒酣以往，余与素心长跽以请公沂曰："君出口妙天下，今夕良宴会，安可不一相闻？"于是文卿拨阮，浣月吹洞箫，公沂执板一歌，潭水皆寂，鱼龙出听，一座尽倾。友鸿曰："今复见王都尉⑤矣！"素心抚掌而笑曰："正所谓'丝不如竹，竹不如肉'⑥也。"次日，冷石简余云："水鹄云鸽，乳花金片，鬟风鬓雾，丝竹管弦。抽屈宋之笔精，叶宫商之妍韵。旨酒盈罍，徵音闭月。可称'西园多所集，夏浅胜于春'矣。"

初八。晴。过薛雨山亭。题诗于壁：

高人茅屋构城东，老树疏篱插槿红。

静坐惟闻香到水，闲行只见鸟嘑风。

半窗薜荔侵衣桁，十亩琅玕倚砌桐。

我亦浪游长策杖，扣门应访鹿皮翁。

初九。晴。友鸿来，袖出一诗，咏《系舟图》也。依韵和之：

别有波澜绕画船，行厨萧瑟愧初筵。

风吹旧梦来青雀，曲度新声落翠钿。

元亮⑦卜居门旁柳，远公⑧沽酒社名莲。

客归未是香销后，犹自飞觞对暮烟。

晚，饮张止鉴⑨宅。分韵得"声"字：

何处双鸠唤午晴，客舟愁听卖花声。

草堂依旧识来燕，绮席分明合护鲭。

隔夜醉容偏觉好，将归梦影亦须惊。

故人再结莼鲈社，待我秋风猎杜蘅。

初十。晴。再赴鸎堂之宴。锦羹绮馔，妙舞清歌。扬桂楫于晚风，冒菱江之初月。子瞻⑩云：自太白死，三百年无此乐矣。今定何如！

【注释】

①冯天垂，工书法，行、楷学褚河南，草书学怀素。

②顾震雉，顾大申，字震雉，顺治九年进士，授工部主事。

③杯罩，温酒的酒器。

④文饶，陆庆裕，字文饶。顺治贡生。

⑤王都尉，王诜，字晋卿。娶宋英宗女魏国长公主，为附马都尉。能诗善画，与苏轼为友，诗酒唱和，风流蕴藉。

⑥"丝不如竹，竹不如肉"，语见《晋书·孟嘉传》：桓温问曰："听妓，丝不如竹，竹不如肉，何谓也？"孟嘉答曰："渐近使之然也。"

⑦元亮，陶渊明。

⑧远公，高僧慧远。

⑨张止鉴，张天湜，字止鉴。岁贡生。顺治十一年中顺天乡试副榜。

⑩子瞻，苏轼，字子瞻，嘉祐二年进士。累官礼部尚书。

　　十一。雨。客有持陈眉公①册求售者，却之。且语客曰："此老纯盗处士之虚声，以为终南之捷径，言无足法，行有可疑。今墓木拱矣，佘山②一片石③，急须倾百尺瀑布以洗其羞。"客曰："机、云二陆何如？"余曰："二陆浮华文士，裙屐少年，助臣伐君，卒婴谗戮。华亭鹤唳，千古遗讥。六朝诗人，概非笃穆：石崇、潘岳④，拘党殒躯；谢朓⑤、鲍照⑥，轻险沦命；沈约⑦、王俭⑧，鬻国以希荣；江总、褚渊⑨，贩君而窃宠。凡今人之所艳称，皆古圣之所必黜也。

【注释】

　　①陈眉公，陈继儒，字仲醇，号眉公，著有《小窗幽记》。

　　②佘山，山名，在今上海松江县境内。

　　③石，碑碣。

　　④潘岳，字安仁。官给事黄门侍郎。美姿仪，才名冠世，词藻绝艳。

　　⑤谢朓，字玄晖。南齐时，官宣城太守，尚书吏部郎。文词清丽，尤长五言诗。

　　⑥鲍照，字明远。官临海王刘子顼的前军参军，掌书记。江陵乱，

死于乱军中。文辞清逸秀丽。

　　⑦沈约，字休文。博通群籍，善属文。历仕宋、齐、梁三朝，官至尚书令，领太子少傅，左光禄大夫。

　　⑧王俭，字仲宝。历仕宋、齐两朝，累官尚书左仆射，封南昌县公，开府仪同三司。

　　⑨褚渊，字彦回。历仕南朝宋、齐两朝。娶宋文帝女南郡县公主，拜附马都尉。

　　故管公明①之薄何②、邓③，裴行俭④之料王⑤、卢⑥，实有鉴机，非关口耳。悠悠斯世，其谁与言！"

【注释】

　　①管公明，管辂，字公明。三国时人。正始间举秀才，官至少府左丞。善卜筮，相传占无不应。

　　②何，何晏，字平叔。三国魏人，官至吏部尚书。好老、庄，崇尚清谈。

　　③邓，邓飏，字玄茂。官至侍中、尚书。以曹爽之党被司马懿族诛。《三国志·魏志·方技传》云：正始九年十二月，何晏、邓飏问卦，公明直言。其舅氏责之，公明曰："与死人语，何所畏邪！"

　　④裴行俭，字守约。贞观间举明经，迁长安令。历官礼部尚书、检校右卫大将军。

⑤王，王勃。

⑥卢，卢照邻，《旧唐书·裴行俭传》：时四杰以文章见称，吏部
侍郎李敬玄盛为延誉，引以示行俭。行俭曰："才名有之，爵禄盖寡。"

十二。晴。访子玄，连袂行紫藤翠篆中。携壶榼①，泛小艇，
披明月，佩宝璐，中流荡漾，仙仙乎归矣。

十三。晴。散步东郊，访李濛初。夜，大月。

十四。晴。集素心宅。君山②画《双柳图》，震雉作一大舫③，
宗汉写余小像，而补楚云醉卧于其旁。

十五。晴。坐友鸿水亭，清言竟日。题屏间墨竹：

萧梢风雨擘天寒，月照篑筥④四壁干。

花影未移人影静，墨君应作此君看。

十六。晴。至冷石庋书处。屋凡九间，连绵似欧阳公舫斋；
分经、史、子、集、稗官小说、佛经梵志，各置架格，装帙精严；
皆手自批评，丹黄烂漫。中设蕉团，晨夕哦诵。昔曹孟德云："老
而好学，惟吾与袁伯业⑤。"甚言老而好学之难也。先生名进士，

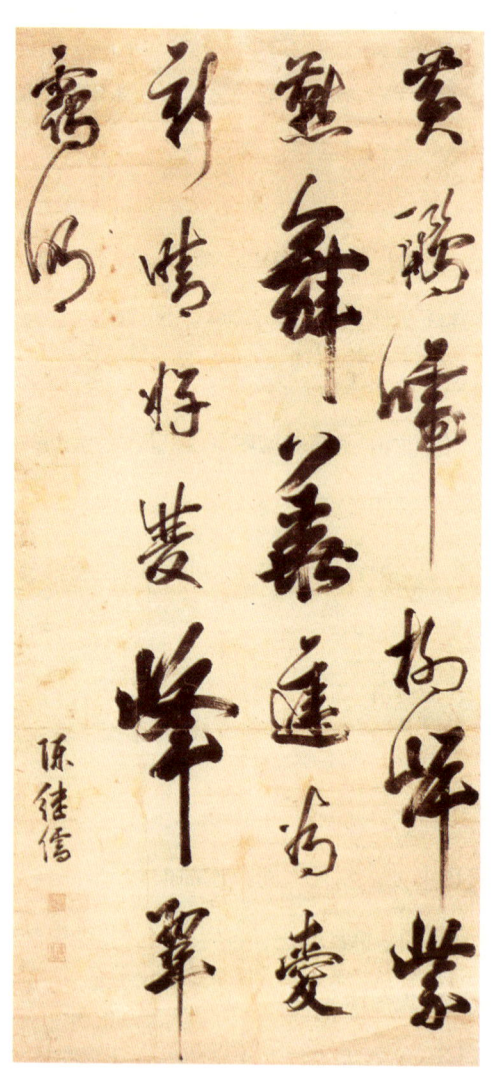

明·陈继儒手书

官重庆太守。归见世涂多梗，以冠服投蜀江，示无宦情，志绝仕进。今年六十余，闭门晏坐，稀见宾客。或风日晴朗，则扶童子，手一编，倚宅边柳树观之，至倦乃返。先生最爱予，每到则洗盏烹茗。饭则设一豆，白米赤盐，绿葵紫蓼，道味冲和，使人之意也消。

十七。大雨。又买一舟，载书画酒茗，以锦缆牵于大舫。通窗接舰，倾波灌月。沿堤垂柳，尽为园主伐以充薪，惟予系舟二株，争而仅存，然亦不能保去后之斧斤也。嗟乎！永丰坊⑥角，致兴天子之思；张绪⑦当年，亦动风流之叹。而今遂遭俗物之败意若此。树固有幸不幸耶！

十八。大雨。过鬻堂。时友鸿、天垂对奕，素心、梁公⑧饮酒，公沂度曲。予颓然一无所为，因谓友鸿曰："陶靖节不解音律，葛稚川⑨不知棋局几道，苏子瞻⑩不胜三蕉叶⑪酒，予则兼之。"遂作偈云："我有三不如人：唱曲、著棋、饮酒。鄙夫叩我空空，万事于我何有！"

【注释】

①壶榼，装酒和茶的容器。

②君山，叶有莲，字君山。明代画家，善画山水。

③舫，船。

④篔筜，一种生长在水边的竹子。

⑤袁伯业，袁遗，字伯业。袁绍从兄，曾官长安令。

⑥永丰坊，唐洛阳城中。

⑦张绪，字思曼。南朝宋孝武时，用为尚书仓部郎，历官侍中。入齐，官中书令，迁散骑常侍、金紫光禄大夫。

⑧梁公，张翮之，字梁公。崇祯十六年进士。

⑨葛稚川，葛洪，著有《抱朴子》。

⑩苏子瞻，苏轼。

⑪蕉叶，蕉叶杯。

十九。小雨。坐来鹤楼观友鸿为楚姬作画，姬向余絮语往事甚奇。姬嘉善人，年十二，阿母携之佐酒。甲申游武塘①，止南园，憩仿村，意气甚都，声伎最盛。座有二小鬟，盼睐殊韵。余赠诗有"小玉娇痴豆蔻胎"之句。今乃知其一即姬也。异哉！地轴已翻，天河莫挽。南园既从彭咸②所居，仿村更罹衔须之祸③向余昵一丽人，询姬，亦云物故。义士青萍，朱颜黄土，浩歌盈把，如何可言！

二十。晴。将有青溪④之行，诸君为余祖道。

二十一。晴。招诸君潭舟话别。茗寒香妙，莺声软滑如丸。袁中郎⑤别王子声云："屈指平生别苦，唯少时江上别一女郎，去年湖上别一老僧。此别非道非情，亦复填胸之甚。"今忽忽有此怀，知是别离者倾觞轰饮，捐袂淋漓，回风云旗，黯然萧瑟矣！

二十二。晴。放舟由佘山至青浦，见令君王鹤占。

二十三。晴。小雨。楚姬入梦，醒而成诗并序：鸳水名姬，秦淮倦客，五茸⑥解佩，双柳停舟。扇底桃花⑦，醉鼓湘灵之瑟；楼头燕子，愁持合德之裾。小试山眉，粗服乱头皆觉好；浪寻春色，嬉笑怒骂总成痴。虽推衿送抱，以日为年；而落魄伤神，惟我与尔。玉箫吹彻，声声销杜宇之魂；金粉飞来，片片入高唐之馆。恐不可兮再得，长郁陶乎余心。聊存一十二章诗，作画船中暮雨朝云；欲倩十七、八女郎，唱"杨柳岸，晓风残月"。

溪水流云夜有声，风回鸡店忆调笙。

不知梦影今何似？只向阳台变处生。

欲别吞声未敢言，魂销细雨几黄昏。

盈盈浅立桃花影，手把烟波洗泪痕。

隔夜娇痴俨在傍，薰笼杳信湿衣裳。

醒来不见啼红怨，怪杀温柔别是乡。

玉臂频伸醉后颠，美人情性道人禅。

青楼薄幸非关我，谁打莺儿搅独眠。

分明云片送离愁，回首青山隔酒楼。

枕上笙歌犹未冷，断肠诗句木兰舟。

梅子黄时杏子红，自携金粉哭东风。

生平半为情痴苦，垂柳垂杨是梦中。

二十四。小雨。鹤占招饮水镜山房。

二十五。大雨。自青溪移棹至绿葭浜宿。

二十六。雨中挂帆过昆山，抵吴县。

二十七。大雨。坐如须思美草堂话旧。分赋：

别后相思寄酒狂，一蓑冲雨到山塘。

僧贫老卧庵中月，客倦新移泖上霜。

泪洒齐梁悲故国，魂招屈宋聚他乡。

重来莫近苏台望，花落梧宫春草长。

相期七夕指牵牛，萧瑟烟帆又隔秋。

千里梦回青玉案，六朝愁系黑貂裘。

西窗细雨留红豆，东海雄风恨白头。

此去娄江何所见？子山⑧词赋仲宣楼。

二十八。大雨。晤叶圣野⑨，同饮思美草堂。

二十九。大雨。自阊门抵昆山，作《孤舟夜雨歌简如须圣野》：

东吴菰芦雨如线，银涛白马时相见。

枇杷既熟杨梅红，估船夜发长洲县。

黄鹂坊口杜鹃啼，虎丘石上南巢燕。

醉寻江草哭西风，金铜仙人泪洗面。

我有古琴欲赠谁？蛟弦雁柱驱雷电。

三千年间日月车，兴亡一一都弹遍。

听者变色歌者哀，在于俗耳何由羡？

横塘花落沙湖寒，杨柳垂阴满芳甸。

风帆摇曳不可停，挥手娄门别亲串。

烟火冥冥主簿祠，笙箫寂寂吴王殿。

把袂将吟芍药诗，消魂原是桃花扇。

水驿山桥百里程，掉头已觉津亭变。

为余拂拭庄家园，秋来好挂鹅溪绢。

【注释】

①甲申游武塘，指崇祯十七年三月，余澹心经苏州、嘉兴至杭州、绍兴访游。

②彭咸，据传为殷大夫，谏君不听，自投水死。

③衔须之祸，《后汉书·温序传》：序行部至襄武，为隗嚣别将苟宇所拘劫。不降，赐以剑。"序受剑衔须于口，顾左右曰：'既为贼所迫杀，无令须污土。'遂伏剑而死。"

④青溪，青浦。

⑤袁中郎，袁宏道，字中郎。万历二十年进士，选为吴县令，历官至稽勋郎中。

⑥五茸，地名，在今上海松江。

⑦扇底桃花，宋晏几道《鹧鸪天》："舞低杨柳楼心月，歌尽桃花扇底风。"

⑧子山，庾信，字子山。

⑨叶圣野，叶襄，字圣野。明诸生，复社名士。入清，隐居不仕。

三十。雨。舟中与公沂谈古事。随口抽条，漫录于左。

田僧超①能吹笳②，为壮士歌《项羽吟》。将军崔延伯③出师，每临敌，令僧超为壮士声，遂单马入阵。

管宁自越海及归，常坐一木榻，积五十余年，未尝箕股。其榻上当膝处皆穿。

萧总曾遇洛神女。相见后至葭萌逢雨，认得香气曰："此云雨从巫山来，独我知之。"

贾弼梦见人曰："爱君美貌，欲易君头。"许之，后能半面笑，半面啼，两手把笔，文辞各异。

李泌赋诗讥杨国忠曰："青青东门柳，岁晏复憔悴。"国忠诉于明皇。上曰："赋柳为讥卿，则赋李为讥朕，可乎？"

桓温北征还，得一老婢，乃刘琨妓女。一见温，便潸然而泣。温问其故。答曰："公甚似刘司空。"温大悦，出整衣冠，又呼问之。婢云："面甚似，恨薄；眼甚似，恨小；须甚似，恨赤；形甚似，恨短；声甚似，恨雌。"温不怡者数日。

唐德宗使段善本授康昆仑琵琶。本奏曰："请昆仑不近乐器十数年，忘其本领，然后可授。"

严挺之宁不作宰相，不见李林甫；张隐甫宁不作宰相，不见牛仙客。

石勒少与李阳争沤麻池，及称帝，引与相见，曰："孤昔日厌卿老拳，卿亦饱孤毒手。"用为都尉。

沈麟士织帘诵书，口手不息，乡里号"织帘先生"。

裴尚书宽罢郡西归，汴流中日晚维舟。见一人坐树下，衣服极敝，命屈之与语，大奇之，曰："以君才识，必自富贵，何贫也？"举船钱帛、奴婢觊之。客亦不让。登舟，奴婢偃蹇者辄鞭之。其人张徐州建封也。

李元忠虽居要任，不以物务干怀，惟饮酒自娱。时欲用为仆射。或言其常醉，不可委以台阁。其子搔闻之，请节饮。元忠曰："我言作仆射不胜饮酒乐。尔爱仆射，宜勿饮。"

孔融屯都昌，为贼管亥所围。逼急，乃遣东莱太史慈求救于平原相刘备。备惊曰："孔北海乃复知天下有刘备耶！"即遣兵三千救之。

谢玄饮酒至一石，人指之曰"醉虎"。蔡邕饮酒不醉，自号曰"酒龙"。

汉宫人冯夫人名嫽，善史书。乘锦车持节和戎，得当而归。

冯宝妻洗氏，封石龙夫人。战则锦缋宝幰，至老未尝败。年八十而终。

后汉韦逞母宋氏，博究经典，置生徒一百二十人隔纱窗授业。

唐贾直言，德宗朝，父漏禁中事。帝怒，赐鸩酒。直言白中使，请自执器以饮其父，中使然之。直言既持杯，自饮立死；酒自左足间出，复活。中使具奏，遂流其父于岭南。后直言左足微跛耳。

司马温公有一仆，三十年止称"君实秀才"。苏子瞻学士来谒，闻而教之。明日，改称"大参相公"。公惊问，以实告。公曰："好一仆，被苏东坡教坏了。"

郗诜数月山行，喜闻樵语牧唱，曰："洗尽五年尘土肠胃。"欣然倚骖临水，久之，乃去。

陶渊明居栗里④，两山间有大石，仰视玄瀑，可坐十人，号醉石。

六月初一。雨。自昆山放船至太仓，访吴骏公⑤宫尹于五亩之园。披襟纵谈，赠以长句：

娄江之水千尺流，芳草碧色我始愁。

苑柳城鸦年代改，青枫白芷苏台秋。

山东姜生饮我酒，袖出一卷风惊牗。

纸上分明宫尹辞，淋漓墨汁倾两肘。

忆昔辛未天下繁，圣人端坐吹云门。

会元文章至尊叹，读书中秘亲墀轩。

绣虎螭龙动南轴，功名应继王文肃⑥。

辟雍⑦钟鼓孝陵烟，时有哀丝控豪竹。

汉武曾同宴柏梁，骊山清路俨成行。

岂知蚩尤扫天市，荆棘铜驼⑧又建康。

痛哭通天台上月，长镵短笛空销骨。

太史楼船衲子衣，依稀难向斜阳说。

开元遗事杜陵诗，弹入琵琶总是痴。

铜雀空余吴季重⑨，澄江莫问谢玄晖。

我亦万古伤心者，莫愁艇子胡儿马。

图书风流二十年，今日相逢槐树下。

君不见梁朝庾子山，暮年诗赋动江关。

又不见长溪谢皋羽⑩，一恸冬青泪如雨。

共是销魂落魄人，不堪回首汉宫春。

吁嗟乎！弇州永逝二张⑪死，太仓鬼峨君在此。

寥寥海内竟谁雄？山东姜生称吴公！

【注释】

①田僧超，北魏高僧。

②笳，北方民族的一种乐器，类笛子。

③崔延伯，北魏猛将。

④栗里，今江西九江南陶村西。

⑤吴骏公，吴伟业。

⑥王文肃，王锡爵，字元驭。嘉靖四十一年会试第一、殿试第二，授编修。万历间，累官礼部尚书、文渊阁大学士，并任首辅。

⑦辟雍，古代周王朝为贵族子弟所设的学校。

⑧荆棘铜驼，天下大乱，皇朝倾覆。

⑨吴季重，吴质，字季重。以才学通博为曹丕所善。官振威将军，都督河北诸军事，封列侯。

⑩谢皋羽，谢翱，字皋羽，尝为文天祥谘事参军。

⑪二张，张溥与张采。

初二。小霁。遇吴郡黄惕如、洞庭顾右民，移寓僧楼。公沂埽地焚香，右民洗茶晒药，余企脚北窗下观书。时久雨乍晴，山碧欲滴，用惠泉水泼峒山庙后茶，烧兰溪猪，煮太仓笋。吃松江米饭。饱餐摩腹，绕堂而行。右民曰："享如此清福，恐为上帝所忌。"公沂曰："恨少美人在旁耳。"余曰："天不满东南，地不满西北，人生缺陷固自多也。"惕如哑然而笑曰："有是哉！"

初三。晴。胡其章①给谏过访，与右民谈医甚晰。右民世居东山，为人肤清，用意淳厚，涉猎书传，下笔滔流。遭乱去乡，摆浪散帙，遨游齐、鲁、燕、赵间，与悲歌慷慨文学之士交。久之，渡江淮，归吴市，弃去儒侠之行，益自精于医。司马迁云："古之圣贤，不居廊庙，则隐于医、卜之间。"右民勉乎哉！

初四。晴。王周臣②招游芍药堂。堂，文肃公所构，罢相后，宴处其中。春夏之际，芍药竟开，宾朋满座。今经战斗，花坞阑珊。追忆开元全盛时，以为叹息。

初五。晴。公沂、右民问作诗之法于余。余曰："子美言之详矣：曰'熟精《文选》理'，言作诗必宗选体也；曰'李陵苏武是吾师'，言五言必以苏、李为楷模也；曰'清新庾开府，俊逸鲍参军'，又曰'安得思如陶谢手，令渠述作与同游'，言作诗必以庾、鲍、陶、谢为源流也；曰'纵使卢王操翰墨，劣于汉魏近《风》《骚》'，又曰'窃攀屈宋宜方驾，恐与齐梁作后尘'，言词气虽本汉、魏，犹必上溯《风》《雅》也；曰'晚节渐于诗律细'，言律诗对偶须精，不可草莽也；曰'语不惊人死不休'，言措词命意最忌平庸也；曰'转益多师是汝师'，言递相祖述能自得师也。老杜明明教人以作诗之法，人习焉而不察耳。"

初六。晴。饮胡观察沛然。壁悬王烟客[3]、王圆照[4]所作画，并皆佳妙。观察云："古二王[5]精于书，今二王精于画。亦异代一奇也。"

初七。晴。骏公招饮五亩之园。园，弇州所制，因水凿石，石嶙峋若天生。长槐茂柏，濒岚荫渚，烟垂云委，岫壑冲深，萝迳所绝。中敞虚堂，堂四面皆窗，含受风气，于春夏之交最宜。阶穷路转，柴门杳然。蕉桐聚绿，输于一庵。庵结三楹，左崎山峰，右瞰池水，纷红骇紫，络绎奔会。旷遒霁豁，于夏最宜。

庵前数十步，乃接危桥。桥岸平软，芳草溟濛，地空无树。短垣南向，远吐朱阁。枯槎颓干，绕屋离披，幽邃闲秘，于冬最宜。折而西偏，有亭森立，桂树丛生，山阿散朗，于秋最宜。凡四时之气，各置一境以领之，园之近人而可乐者，莫此为全。因思弇州生当盛世，竭其精藻，爰构斯园。取石远方，坏垣而入，经营惨淡，概复可知今为宫尹所有，文章花鸟，久而更新。予既赏宫尹之趣，而又以贺斯园之遭也。

同集者朱昭艺⑥、周子俶⑦、许九日⑧、王羲伯⑨、王周臣兄弟、王公沂、吴圣符⑩、顾右民、徐介石、女郎冯静容，宾主士女共十四人。

【注释】

①胡其章，崇祯十三年进士，授刑科给事中。

②王周臣，王挺，字周臣，明末诸生。以荫授中书舍人。入清不仕。

③王烟客，王时敏，字逊之，号烟客，官至太常寺少卿，以病归。明亡不仕。

④王圆照，王鉴，字圆照。明崇祯举人，出知廉州。

⑤古二王，王羲之、献之父子。

⑥朱昭艺，朱明镐，字昭艺，明诸生。性强记，天资绝人。

⑦周子俶，周肇，字子俶。张溥高弟。顺治十四年举人。

⑧许九日，许旭，字九日。少禀家学，补诸生，为吴梅村所赏。

⑨王羲伯，王昊，字羲伯。康熙间举博学鸿儒，授内阁中书。

《江乡清晓图》 禹之鼎

立轴 绢本 设色 纵181.6cm 横96.3cm

现藏旅顺博物馆藏

⑩吴圣符，吴世睿，字圣符。吴伟业弟。

初八。大雨。作诗谢骏公：

桂树山阿竟久留，熏风生座气如秋。

到公石在依流水，荀令香①飘隔画楼。

静寄莺花三亩宅，忘归虾菜五湖舟。

乾坤身世俱衰谢，暂解新愁问莫愁。

池台缥缈暮云平，浪迹渔樵寄此生。

地胜南皮留七子②，客依东里见诸卿。

含桃夜擘分歌扇，旧燕春归出幔城。

痛饮吾师难再得，醉吹江笛到天明。

初九。晴。骏公手录《琵琶行》见遗。寓书云：当十日登床，扬榷③风雅。而余匆匆解缆行矣。

初十。晴。自娄东抵吴郡。

十一。晴。如须招余为玄墓④游。浪破胥江，经古渡，由走

狗塘至灵岩山下。吴王雄风，西施艳色，歌舞馨香之处，千载
令人神伤。往读《吴越春秋》，观吴之骄奢靡丽，知吴之所以亡；
越之忧愁幽思，知越之所以兴。自今思之，宁为吴之亡，不为
越之兴也。夫差独霸江南，及身而丧；勾践患苦卑污，亦一传
而绝。且妻请为妾，岂人所为？胆可尝也，粪可尝乎？以夫差
之强，若非宰嚭⑤，恐麋鹿未必遂游苏台也。如须曰：此论甚快！
余因极论古今亡国，皆奸臣之由，非人君之过。汉献若非董卓、
曹操，岂有播迁之惨？梁武若非朱异，岂有台城之辱？唐玄若
非林甫、国忠，岂有马嵬之幸？宋徽若非蔡京、王黼，岂有五
国之羞？以古镜今，朗如龟鉴。追论误国之奸，怒冲伍胥之涛
矣！甫欲登山，而大风起水上，雨从东来，汹涌澎湃，乍沉乍
浮。薄暮，抵西崦。虎山桥赪壁霞举，红云秀天，方搔首哦吟，
而主人徐玄初已候于门矣。延入耕渔轩，桐阴承宇，静月澄高。
光福之山，接岭连峰；太湖之水，腾波灌日，悉奔走效技于棂
楹之下。岂非避世之贞庐、养幽之闲园者乎！晚饮，会玄初弟
平圃、子长民。得诗七首：

闻道杨梅熟，牵船及此游。

地销吴越垒，天带古今愁。

树密偏宜夏，江寒未是秋。

横塘芳草渡，吹雨故淹留。

走狗塘边路，吴王旧寝宫。

春城花落尽，烟寺鸟啼空。

鱼米孤村市，桑麻十亩风。

山形余霸气，愁绝向江东。

露井衔山火，津亭却岸沙。

水深沽酒店，门闭野人家。

片雨霭犹湿，孤云去欲斜。

兴亡俱有泪，往事不堪夸。

白藕开花处，青山过雨时。

英雄儿女恨，千载令人悲。

古渡催帆急，斜阳送客迟。

徘徊歌舞地，日暮竟何之！

地是吴山古，人传越女强。

半岩苔藓碧，一寺薜萝长。

香靥余环佩，荒村冷骕䯄。

河边收艇子，搔首向空苍。

短葛长为客，湖烟迟我归。

桥分春浪阔，帆挂夕阳微。

到海光偏疾，猕天影渐稀。

投林指飞鸟，独树万山围。

旅泊无非寄，凉生一水间。

两山闲是主，千里梦相关。

莼菜羹初美，杨梅摘未还。

那堪风雨夜，樽酒伴衰颜。

十二。小雨。林若抚⑥来。不见经年，老而愈健，可喜也。
登石浪亭。亭峙山腰，延青结碧；亭下蓊濛蓬勃，草树塞阿，
道横大石，仿佛虎丘然。而雄狐跳梁，山鬼蹇产，虽揽薜荔以

攀援，亦只窥烟液之所积矣。入光福寺，佛灯亭亭，一僧趺诵。叩之，吴江人，儒而释者，能为诗，其清顺可久之俦欤！

山雨夜来歇，蹉跎杖屦同。

数峰青未了，千丈碧还空。

萝磐野云外，花龛湖水东。

登台徒极目，双屐向支公⑦。

晓日笼烟阁，苔深众壑平。

金梧摇佛幌，银杏落钟声。

头白一庵老，灯青万派明。

吴江枫叶细，片片报诗成。

夏浅山无暑，孤光招我寻。

天留六代寺，客动五湖心。

香气林端集，经行世外深。

愁来浑闲事，终日愧登临。

由石汦^⑧沿林行，见崇山缛绿中，掩映红丸，辄腾跃攀条，摘而啖之。若抚礐矗走山麓，亦偃仰以登。余谓之曰："上高岩之峭岸，处雌蜺之标巅，七十老翁何所求耶？"若抚笑曰："杨太真一骑红尘，万里而进荔枝。吾老矣，何遂不可千仞而摘杨梅也。"至万峰禅院，台殿嵬峨，照曜金碧。遇姚文初^⑨，同坐还元阁。修篁^⑩千个，云色隐鲜，平畴远风，交于户牖。饭毕，谒剖石和尚。和尚经论之余，颇涉世谛，而精猛之色见于眉间。

由西庑至四宜堂，两墀古桂数十株。茂叶参天，童童如宝幢华盖，荫其下者，殆忘暑也。是夕，移酌大航。月涌波心，山烟缭缈，笛声起于枉渚，渔歌出芰荷中。醉卧石梁，以天地为衾枕矣。因语如须曰："余龙潭之游艳，艳故宜于美人狂士，画舫朱帘，洞箫羯鼓。然艳之极，则其流也荡。邓尉之游幽，幽故宜于静侣名僧，疏灯冷磬，丰草长林。然幽之极，则其流也寂。

崦西之游旷，旷故宜于愁人野客，浪笛渔蓑，空烟澹月。然旷之极，则其流也狂。是故艳之极不可以不幽，幽之余不可以不旷。一游而备三善，谢康乐、宗少文何足道哉！凡得诗五首：

清壑泛遥夜，晨光于此回。

暂辞烟舫去，又唤笋舆来。

桑柘家家种，桐花处处开。

最怜芳草歇，鹈鴂向人哀。

一村鸡犬静，深树涌红亭。

钟磬连云白，琉璃隔水青。

帽檐冲佛火，屐齿破江星。

试问何年事，山门傍野垌。

老树空山得，高台贝叶繁。

平心参慧远，作意向深源。

茂竹云中筏，疏烟岭上村。

茶瓜留客罢，同扣法堂门。

殿阁压坤轴，湖山又觉低。

军持飞白乳，香积煮青泥。

麈捉石龛外，钟闻塔院西。

尘凡应尽隔，回首失征鞏。

涧转历危坂，潨流入古泉。

人从三伏到，僧以万峰传。

洗耳莲华界，灰心桂树边。

春来梅有信，报我倍凄然。

【注释】

①荀令香，东汉荀彧为尚书令，相传他的衣带有香气，所到之处，香经日不散。

②七子，建安七子。

③扬榷，渡水的横木。

④玄墓，山名。

⑤宰嚭，吴国宰相，吴破越后，他受越贿赂，许越媾和，并屡进谗言，谮杀伍子胥。吴亡后，降越为臣。

⑥林若抚，林云凤，字若抚，工诗，崇祯朝名于吴中。鼎革后，匿影田间。

⑦支公，高僧。

⑧石沚，水中的小块陆地。

⑨姚文初，姚宗典，字文初。崇祯壬午中顺天乡试。入清，隐居

《竹林听泉图》 沈宗骞

立轴 纸本 设色 现藏上海博物馆藏

山中。

⑩篁,竹子。

十三。小雨。坐平圃小箕颍^①,瞰湖如井。薛放翁来,遂酌桥岸,次韵赠平圃:

烟满湖天水满陂,酒船渔笠暂相随。

两山别辟高人径，五柳新编处士篱。

图画有时传浩荡，神仙原自爱幽奇。

洞庭青草知何往，花下聊倾金屈卮。

十四。小雨。玄初徐君嘉遁光福，刺船就访，盘薄浃旬。令子长民，温润秀特，涤发湖山。群从兄弟，斐然有文。结社宾朋，允谐入径。时搴芳蕙，日困香醪，上洞庭而下江，望长楸以叹息。昔嵇蕃与赵至书云："将与足下结箕山于茅屋，侣范子于海滨。"凤抱兹怀，今焉遂毕。歌以咏志，踊跃若汤。

吴会扁舟下五湖，柴门终日闭潜夫。

桐花落地雪生榻，荷芰为衣香满厨。

六月江寒天意迥，万峰钟静客心孤。

夜来醉枕溪桥卧，白袜青靴入画图。

夜凉吹笛四山青，我友偕过春草亭。

留醉不惊游子梦，忘机长对少微星。

一船灯火侵红藕，万壑风涛涌翠屏。

乱后飘零难到此，主人临别更丁宁。

笠泽茫茫挂杖穷，亭台缥缈白云中。

欢辞投辖何知夜，归及征帆只避风。

下榻反因徐孺子，采芝深愧夏黄公。

多君好我殷勤甚，镇日高吟湖水空。

天下干戈此独闲，神仙眷属道人颜。

无衣恰借桥边草，有酒惟浇湖上山。

隐是陶潜书甲子，愁同庾信老江关。

秋风一棹还相访，依旧冲寒到水湾。

十五。晴。理归楫，过尧峰②，与如须③联句④：

返棹是何处？茫茫震泽⑤边。

对山肤寸雨，怀：圻岸一重烟。

锦缆沾衣涩，垓：湘帘倚幌鲜。

树深迷废寺，怀：泥涨拥新泉。

白蜃霾初绽，垓：青莲萼似拳。

秧田轻作穗，怀：瓜颗小为钱。

宗炳探奇日，垓：郤欲诜策杖年。

鸠啼双秃髦，怀：夔馈两生肩。

粘鲤敲鹹滑，垓：烹蚕出箔圆。

橹声摇霹雳，怀：花谱拣荪荃。

羽盖畦亭紫，垓：缥囊草剩玄。

吴涛翻羯鼓，怀：越垒压戎旃。

蝶粉虫阴蚀，垓：官香鼠璞穿。

岩留西子梦，怀：春并阮郎还。

艰大宁论旧，垓：飞扬敢独先。

愁予因渺渺，怀：念而最翩翩。

伏酒逢袁绍，垓：丛芦忆伍员⑥。

南云通北粤，怀：朔马蹿幽燕。

望眼标铜柱，垓：低头泣杜鹃。

霁虹摅远饮，怀：乳鹊想高褰。

徐庶辞刘主，垓：周颙寄竺乾。

饥寒长乞食，怀：磊块寡当筵。

露润纤缔衬，垓：莼柔细麦煎。

银丝葱拌脍，怀：水榖茧抽绵。

妻子庞居士，垓：神仙谢自然。

轸怀精墙且，怀：涕泪弩惊天。

共有穷途恨，垓：应参上乘禅。

晚蓬欹落照，怀：虚榻俟同眠。

浪簇江霞合，垓：灯沉壁月悬。

忘归虾菜美，怀：飘泊五湖船。

　　薄暮，至横塘，风雨飚忽，电光绕船，船几没。舟人惶遽，将凌阳侯之泛滥，托彭咸之所居矣。先是，如须梦与蛇斗，朝而告予；予亦梦割瓜蒂掷地化为龙。及是，追忆昨梦。而随行老妪云：舟有捕鳝一斗。趣赎以金，投之中流，似有蛟螭陆离上下。须臾，风恬浪怡，星呈月露。异哉！作《暴风叹》：

弃故乡，涉远道，长波灌天白浩浩。

舟如叶，帆如草。旋转超忽，丰隆昼堛。

雷霆错莫，虹蜺缭绕。路艰险，奈何使人老？

须臾骞腾神灵雨，郁蜿蜒，憺缥缈。

南箕北斗相对照，颜色舒，冥冥以终保。

惆怅窃自叹，勿复道。

【注释】

①箕颍，隐者之所居。

②尧峰，山名，在江苏吴县西南。

③如须，姜垓，入清后，与兄姜埰隐居吴门。

④联句，古代作诗的方式之一，即由两人或多人共作一诗，联结成篇，后来习惯于用一人出上句，继者须对成一联，再出上句，轮流相续。

⑤震泽，太湖。

⑥伍员，伍子胥。

十六。晴。作笺寄如须：

同舟以济，方郭、李①之俱仙；共枕而眠，拟庄、光②之信宿③。抽锋得句，陋彼弥明；醨酒临风，拟斯孟德④。山阿桂树，倩明月以留人；石泚兰荪，带寒潮而送客。我之怀矣，子好游乎？康乐孤屿之帆，更偕妻子；靖节斜川之驾，少挈宾朋。虽旗鼓之相当，实盘匜⑤之恐后。独是怪雨盲风，惊魂落魄，幸免螭龙之腹，又充蚊蚋之肠。神物有神，不疾而速；痛定思痛，如何可言！以谢安石之冲襟，不能保其夷粹；即张茂先[6]之博物，曷以辩此幽奇乎！谢东君于东海，访西子于西湖，时隔夏秋，路经吴越，聊复削牍，以代推衿。

十七。晴。坐听流阁，阅《升庵外记》[7]。升庵之病，博而不精；至以行书之刘德升为刘景升，以善歌之花卿为花敬定，则何其不考之甚也。不但升庵，古今沿习谬误甚多，如以扬雄之扬为杨，谢朓之朓为眺，鲍照之照为昭，祖士稚之稚为雅，张祜之祜为祐，千顷之陂为波，绕朝之策为鞭，沈约之老病为休文瘦，关壮缪之汉寿为寿亭。积瞀相传，贤昔不免。嗟乎！岂独一升庵哉！

十八。晴。同公沂访王其长，会沈石安、徐祯起[8]绥祉小饮。归寓，又诠误事：陶渊明，字元亮。入宋易名潜。今称渊明先生矣。何仲言未至扬州，今以梅花官阁归何逊矣。陆修静不与远公同时，今传过虎溪三笑图矣。李太白死当涂，族人李阳冰葬之，今谬用骑鲸捉月矣。谢安石赌墅与张玄围棋，今以为谢玄矣。徐夫人匕首，男子也，疑为妇人。陆令萱擅权，妇人也，疑为男子。惊帆，马名也，诗人用于舟船。风筝，檐铁也，文士注曰乐器。如此种类未易更。仆暇当辑成一书，以质阅览博物君子。

十九。大风雨。移舟陆墓。作拟古诗：

《折杨柳歌辞》

不采芙蓉花，乃折杨柳枝。
侬出门前望，欢来定何时？

侬有锦绣段，为欢裁作衣。
上刺双鸳鸯，下写长相思。

侬作博山垆⑨，郎骑青骢马。
郎今懊恼侬，到门未肯下。

杨柳复杨柳，青青垂帘色。
北斗虽阑干，声音何当绝。

我有玳瑁簪，远道欲寄将。

闻郎在西洲，中心以彷徨。

凤皇从东来，飞向庭前息。
举翼向侬鸣，为侬写胸肊。

昔为形与影，今为参与商。
卷起真珠帘，欲见明月光。

明月照蘼芜，浮云翳薜荔。
郎自不知侬，玉阶双泪滴。

《采莲曲》：

莲叶何田田，结根水中央。
芬芳本不乏，华实自相当。

吴姬年十五，绣裆札两结。
采莲不用舟，采莲不用楫。

《四序图》　姚文瀚

长卷　绢本　设色　　　纵31.5cm　横318cm
现藏北京故宫博物院藏

岸上游冶郎，是侬夙所钦。
投郎莲蓬子，与郎结同心。

清波回曲池，离离长新苗。
郎是宋子侯，妾是董娇娆。

江南可采莲，莲叶何田田。
面迎帝子渚，背上美人船。

妾居湖水北，终日漾清波。
郎居湖水南，水深奈郎何。

荷花红似锦，菏叶大如盖。
常恐秋风生，过时而不采。

莲开有时尽，妾心渠未央，
采采斜阳归，莫去泛横塘。

【注释】

①郭、李，郭太、李膺，俱为东汉人。

②庄、光，庄，严光，字子陵。光，刘秀。二人少为同学，刘秀即位，待严十分友善。

③信宿，《后汉书·严光传》："因共偃卧，光以足加帝腹上。明日，太史奏客星犯御坐甚急。帝笑曰：'朕故人严子陵共卧耳。'"

④孟德，曹操。

⑤盘匜，古代盥洗器皿盘与匜的并称。

⑥张茂先，张华，字茂先。官司空，封广武县侯。著有《博物志》。

⑦《升庵外记》，明杨慎所著。

⑧徐祯起，徐晟，字祯起，博学工诗文。入清，弃诸生，从父徐树丕隐居，授徒养亲垂四十年。

⑨博山炉，古香炉名。

ⓒ 余怀 2018

图书在版编目（CIP）数据

板桥杂记：续四种 /（清）余怀等著. —2版. —
沈阳：万卷出版公司，2018.8
ISBN 978-7-5470-4814-6

Ⅰ. ①板… Ⅱ. ①余… Ⅲ. ①小品文—作品集—中国
—清代 Ⅳ.①I264.9

中国版本图书馆CIP数据核字（2018）第063024号

出 品 人：刘一秀
出版发行：北方联合出版传媒（集团）股份有限公司
　　　　　万卷出版公司
　　　　　（地址：沈阳市和平区十一纬路25号　邮编：110003）
印 刷 者：辽宁新华印务有限公司
经 销 者：全国新华书店
幅面尺寸：145mm×210mm
字　　数：120千字
印　　张：7.5
出版时间：2018年8月第1版
印刷时间：2018年8月第1次印刷
责任编辑：杨春光
责任校对：张兰华
封面设计：范　娇
版式设计：张　莹
ISBN 978-7-5470-4814-6
定　　价：32.80元
联系电话：024-23284090
传　　真：024-23284448